U0085774

小說新賞

東方格列弗遊記

鏡花緣

原著　清・李汝珍
編寫　郭怡汾

三民書局

在經典故事中成長

我常常思索著，我是怎麼成了一個說故事的人？

有一段我已經忘卻的記憶，那是一個沒有什麼像樣娛樂的年代，大人們忙著養家活口或整理家務，大部分的孩子都是自己尋找樂趣，妹妹告訴我，她們是在我說的故事中度過童年的。我常一手牽著小妹，一手牽著大妹，走到家附近那廢棄的老宅前，老宅大而陰森，厚重而斑駁的木門前有一座石階，連接木門和石階的磚牆都已傾頹，只有那座石階安好，作為一個講臺恰到好處。妹妹席地而坐，我站上石階，像天方夜譚般開始一千零一夜的故事。

記憶中的小時候，我是個木訥寡言的人，所以當小妹說起這段過去時，我露出不可思議的神情，懷疑她說的是另一個人的事。雖然如此，我卻記得我是如何開始寫故事的。那是專三的暑假，對所有要上大學的人來說，這個暑假是很特別的假期，彷彿過了這個暑假就從青少年走入成年。放暑假的第一天，我從北部帶著紅樓夢返家，想說漫長的暑假適合讀平日零碎時間不能完整閱讀的大部頭。當我花了兩個星期沒日沒夜看完紅樓夢，還沒從寶黛沒有快樂結局的悲悽愛情氛圍中脫身，突然萌生說故事的衝動，便在酷暑時節，窩在通鋪式的臥房，以摺疊成山的棉被權充書桌，幾個下午就完成我的第一篇短篇小說、我說的第一個故事。寫完時全身汗水淋漓，用鉛筆寫的草稿也被手汗沾得處處字跡模糊，不過我不擔心，所有的文字都在我腦海中，無需辨認。之後我又花了幾天把草稿謄在稿紙上，投寄到台灣日報副刊，當那個訴說青春少女和遲暮老人忘年情誼的小說變成鉛字出現在報紙副刊，我知道我喜歡說故事、可以說故事，於是寫了一篇又一篇的小說，直到今天。

原來是經典小說帶領我走入說故事的行列，這段記憶我始終記

得，也很希望在童年時代還耐不下性子閱讀原典的孩子們，能和我一樣在經典故事中成長。

　　雖然市場上重新編寫經典小說的作品很多，但對我這個有兩個少年階段孩子的母親來說，卻總覺得找不到適合的版本，不是太簡單，就是太難，要不然就是刪節得不好，文字不夠精確等等，我們看到了這當中的成長空間，於是計畫進行一套經典小說的改寫版本。

　　首先我們先確定了方向，保留較多文學性，讓這套書適合大孩子閱讀；但也因為如此，讓我們在邀請撰稿者方面碰到不少困難。幸好有宇文正、石德華、許榮哲等作家朋友們願意加入，加上三民書局之前「世紀人物 100」的傳記書系列，也出現了不少有文采、有功力的寫作者，讓這套書可以順利進行。對於文字創作者來說，創意是珍貴的資產，但改寫工作就像化妝師，被要求照著一張照片化妝，不能一模一樣，又不能不一樣，一些作者告訴我，他們在撰寫這系列的書時，常常因為想寫的和原著不太一樣而卡住，三民書局的編輯也常常要幫著作者把寫作節奏拉回來，好幾本書稿都是初稿完成後，又大幅刪修，甚至全部重寫。辛苦的代價便是呈現在讀者面前的這套書──文字流暢、故事生動，既有原典的精華，又有作者的創意調拌，加上全彩印刷、配圖精美。這是我為我的孩子選擇的一套書，作為他們告別青春期的最佳禮物，希望能和天下的學子、家長們分享，也期待這套「大部頭的套書」，經過作家們巧妙的改寫、賦予新生命後，保留了經典的精神，又比文言白話交雜的原典更加容易親近，讓喜歡聽故事、讀故事的孩子，長大後也能說故事、寫故事，於是中國經典文學的精華就能這麼一代一代傳誦下去。

iii

林黛嫚

　　大凡所有愛書之人，都有幾本鍾愛的書籍，無論什麼時候，無論翻到哪一頁，只要一經入眼，就能立刻進入書中世界，深深陶醉其間。猶記得我年少之時，心愛的床頭書正是這本鏡花緣，不但愛不釋手到青少年版看完嫌不足，特地跑到書局買了厚厚的章回本回家挑燈夜戰，小學六年級出車禍時還央求妹妹幫忙帶書到醫院，藉以打發夜半失眠的無聊時光。

　　多年後，我何其有幸，竟能接下這份編寫鏡花緣的工作。那天，我挖出塵封在閣樓書櫃深處的章回本，一邊輕拂老舊泛黃的書頁，跟隨主角唐敖一齊到海外遊歷，一邊思索要怎麼改編故事，才能讓青少年讀者們領略到這本集幻想、諷刺、古代遊藝於一爐的小說妙處，恍惚間不由得憶起當年的我是怎樣看待這個故事的。

　　鏡花緣是中國歷史上最炫耀作者才學識見的小說。全書共一百回，前五十回敘述花神們遭受貶謫的前因後果，落第秀才唐敖的海外遊歷，以及唐小山千里尋父，最後在小蓬萊一窺天機的過程；後五十回則講述因武則天開科考試才女，花神們託生而成的一百位才女得以齊聚紅文宴，在宴會上展露了琴棋書畫、音韻數算、燈謎酒令、雙陸投壺……等古代才藝與百戲，其中數十位才女因夫妻、姻親等關係，參與討伐武則天的軍事行動，最後終於擊敗武則天，使唐中宗得以重登大寶。

　　雖說作者李汝珍的寫作企圖宏大，精心安排各個橋段，多方呈現自己廣博的學識才華，但在普通讀者眼中，這本長達百萬言的章回小說之所以為後人深深銘記，主要落在故事性較濃厚的前半本，尤其唐敖走訪海外各國的這一段更是全書的精華，而歷來所有類似的鏡花緣青少年版改編工作，也大多從這個部分著手。

　　我自然不能免俗。吸引年少的我一看再看的，恰恰是唐敖的海外紀行。畢竟鏡花緣後半本所大力描寫的各種百戲在今天大多已經失傳，讀來不免似懂非懂、難以理解，至於文人喜愛的燈謎酒令等文字遊戲，更非國學基礎淺薄的我所能咀嚼出滋味的。至於書的前半本，你可以單純只是看熱鬧，跟隨唐敖一起遊歷那十幾二十個各有特色的國家，為他們的遭遇時而驚奇、時而大笑、時而緊張，你也可以更深一層去思考，作者藉由那些稀奇古怪的風土民情，所要針砭諷刺的清朝中葉社會現象。正所謂各取所好，雅俗共賞。

　　不過呢，作為一名編寫者，我認為我最重要的任務，是把這部寫給二百多年前成年人讀的書，編寫成能夠入今日青少年法眼的版本，然後才是傳遞書中對現實世界的批評與主張。但是，要怎樣才能讓年輕讀者們願意來讀這本老古董呢？思來想去，最後聯想到現在很流行的奇幻小説——真的，鏡花緣裡有巨人高聳入雲，有小人以繭作帽，有人腳踩祥雲，有人肋生雙翅，有聰明人魚報恩，有禽鳥兩軍對戰……林林總總，異想天開，令人目不暇給，早有學者將此書譽為東方的格列弗遊記。如果這不是奇幻，那我不曉得奇幻是什麼。

　　刷刷刷刷安排好故事大綱後，我開始煩惱怎讓故事「活」起來，也就是要如何重新塑造「導遊」唐敖、林之洋與多九公。在以冒險為主題的小說裡，「三」是一個非常重要的數字，因為作者常安排主人翁與二位好友組成隊伍，一起出生入死、歷盡艱險、斬妖伏魔，最後成就一番偉大的事業。這個三人小組會有一個勇者，一個智囊（或是專門扯後腿增加故事波折的角色），一個用來映襯前兩位的光輝的普通人，例如西遊記裡的孫悟空、豬八戒、沙悟淨，

哈利波特裡的哈利、妙麗和榮恩。至於鏡花緣裡的三人組，唐敖有最多的奇遇、最特殊的身分，勉強搆得上勇者的邊，多九公無所不知，偶爾難免聰明反被聰明誤，林之洋性情中人，雖然鬧了許多笑話，卻也提出了許多一般人的想法，以和唐敖的知識分子理想相互映襯。

我很滿意這支冒險小隊，窩在電腦螢幕前敲敲打打，得意洋洋的跟著唐敖出門旅行去。只可惜這股得意之情在看到作者明白點出「多九公今年八十高齡」、「林之洋被一把火燒去鬍鬚」、「唐敖妻子早逝，續娶林氏」時就通通破滅了。唉，這支冒險小隊的成員，平均年齡似乎大了一點。我很想在他們的年齡上做點手腳，猶豫了很久，終於還是放棄，不為別的，只因我是「編寫者」，我不認為自己有權改變作者最基本的人物設定。

好吧，好吧，就讓故事由原班人馬繼續上演。雖然老態龍鍾了點，但我力求敘事步調輕快，語言文字在保留原著古典之美的同時，也盡可能讓它讀來淺白易懂。在諷刺社會現象的部分，有些不用原文無以顯出其中妙趣的，如淑士國的那篇「之」字文，我冒著讀者們擇書說看不懂的風險，將它原封不動的呈現。有些現象在今日已成歷史，但因為是原著相當有分量的章節，如林之洋在女兒國的遭遇，所以我略微潤色一番，期能讓讀者更清楚了解那是種什麼樣的感覺。還有些橋段雖然略嫌枯燥，如君子國一節，但因為這是作者對社會現象最直接的批判，所以我選擇了一些今日社會仍然存在的弊端，並與後文前後呼應的部分加以呈現。

只是自我期許再多，去閱讀、思索、詮釋與評判的，終歸還是讀者。我只希望自己這幾個月來的努力，能挑起讀者對這本老書的

好奇，然後，或許在某一天，當你經過書店，看見那厚厚一部章回版的鏡花緣之時，會突然一陣心動，將書從架上抽出，翻到印象最深刻的那一節，就此一路讀了下去，徜徉在那奇妙的國度裡——

　　就像年少時的我一樣。

郭怡汾

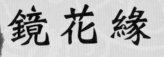

鏡花緣

目 次

鏡花緣：炫學的極致

　　鏡花緣是中國一部成書較晚的古典長篇小說。彼時，紅樓夢、儒林外史業已出版良久，李汝珍作為一名企圖心旺盛而且才學廣博之人，自然會站在名著的肩膀上，力圖別創蹊徑，發前人所未見，最後產生了一部堪稱中國文學史上最炫耀作者才學識見的作品。那麼，究竟是什麼樣的人，什麼樣的時代背景，才能成就這麼一本特別的書？且讓我們來看看作者生平。

　　李汝珍，字松石，京兆大興人，約生於一七六三年，卒於一八三〇年。朋友說他聰明絕世，見解獨到，讀書時不屑在瑣碎的章節句讀上做文章，也不像一般讀書人為了求取功名，死命鑽研八股文體。閒暇時多方涉獵，琴棋書畫、醫卜星相、音韻算法無一不備，燈謎酒令、雙陸射鵠、蹴球鬥草樣樣俱全。生性胸懷坦蕩，以誠待人。一七九九年，黃河在河南邵家壩兩度決口，他除了捐獻物資，還親身前往投效大壩修築工程，可惜因為投效者眾，未能實質參與到治河工作。一八〇五年，他再度遠赴河南，可能任職與治河有關的小官，但仕途並未得到更進一步的發展。一八一〇年，畢生的心血結晶李氏音鑑初刻本問世，當時的音韻學者一致讚譽為最好的音韻學啟蒙書籍。一八一八年，耗費十數年光陰完成的鏡花緣初刻本問世。

　　鏡花緣全書共一百回。根據故事內容，可分成前後兩個部分。前半本的舞臺背景主要發生在海外。第一到六回，敘述花神們因奉承武則天，違背時令盛開在冬季，於是遭貶下凡。第七到四十回，講述嶺南秀才唐敖好不容易考中進士，卻因故遭武則天削除功名，心灰意冷之餘遠走海外，見識了許多奇珍異獸、異國風俗，還因緣際會幫助淪落各國的十二名花返回中原，最後入小蓬萊從此不知所

蹤。第四十一至五十四回，描述百花仙子託生的唐小山為了尋找父親唐敖的下落，歷盡千辛萬苦，終於抵達小蓬萊，不但得到父親的親筆信，囑她改名唐閨臣回國參加女試，還在山上的泣紅亭看見女試榜單，上面有一百位花神的名次與姓名。

故事的後半本，將鏡頭轉回到中原。第五十五到九十三回，寫武則天開科考試才女，錄取了一百人，名次正如泣紅亭所載。紅文宴裡，才女們盡情演示了各式才藝與百戲，這才分別離去。第九十四到一百回，寫唐閨臣再入小蓬萊尋父，至此一去不返。另有十多名才女跟隨父兄、夫婿起兵討伐武則天，最後攻破了武氏兄弟鎮守的酒、色、財、氣四關。武則天失敗，中宗復辟，天下歸唐。

李汝珍生活的年代，正值中國封建社會迴光反照的末期。雖然清廷採取嚴格的閉關自守政策，但在西方資本主義國家的刺激下，社會瀰漫著一股要求打破這些閉塞的氣息。當時注重實學的知識分子也受此影響，對海外世界產生了許多好奇。而在另一方面，歷經清初以來首次大規模的文字獄後，許多知識分子趨向投入較不致觸怒朝廷、招來禍患的考據學，加上清政府設置了四庫館，提倡研究古書，越發助長當時崇尚淵博學識的風氣。李汝珍沐浴在探索新世界與崇尚古文書兩種截然相反的氛圍裡，反映在鏡花緣一書裡的，就是一方面藉由描寫海外異國的形形色色，針砭不合理的社會現實，嘲笑迂腐醜陋的人情世態，另一方面則透過種種劇情橋段的設計，炫耀他多方面的才學素養。

就實際成果來看，顯然李汝珍的創作意圖在鏡花緣的前半部有較好的表現。他發揮自己的想像力與創造力，透過唐敖的海外紀行，嘲諷當時社會的種種不合理之處，並提出了自認合理有效的解決方針。例如，林之洋落難女兒國，被迫纏足、穿耳，稍有不從便大刑伺候的橋段，赤裸裸的呈現了在古代男尊女卑的環境下，女子所遭受的殘酷待遇。又例如在黑齒國這段，他藉由兩個生得黑炭似

的小才女，正面肯定女子的聰明才智，並提倡普及女子教育。還有兩面國的一個段子，藉由強盜夫人重責想要討妾的強盜頭子，痛斥了男子期望妻子守貞，自己卻可以納妾嫖娼的雙重標準。凡此種種，無怪胡適先生說李汝珍為中國第一個認真討論婦女問題的人。其他像是兩面國嘲諷人性中的趨炎附勢、口蜜腹劍，白民國嘲諷華而不實的社會大眾、讀書不求甚解的儒士，淑士國嘲諷滿口之乎者也、附庸風雅的酸丁等等，在在顯露了李汝珍對世俗百態的洞見。

為炫耀才學而編寫的諸多劇情，也顯現了李汝珍的許多慧心巧思。例如在歧舌國這段，透過唐敖三人研究一紙畫了一堆圈圈的韻譜，他將已經廣受肯定的音韻學研究成果，循序漸進傳授予讀者。第八十二到九十三回的疊韻酒令遊戲雖然讀來無趣，卻也保存了大量可供音韻學研究的資料。他還搭配劇情書寫各種醫方，一方面拋磚引玉，希望去除祖傳「祕方」變「謎方」的情況，另方面則普及醫方，流傳後世，藉以行善濟人。至於其他像是算學、物理學、經史之學也多有提及，特別是水利學的部分，雖然李汝珍未能在現實中，實現其疏浚河川、平息災患的理想，但藉由小說的第三十五、六回，他也提出了自己精研水利問題多年的見解。

然而，作為小說，既要承載作者對世情的洞見，又要展露其多方面的才學，任務真可謂是不可承受之重，於是在人物塑造、情節結構上產生了許多瑕疵，使得鏡花緣一書的成績或許優秀，卻難稱為偉大。

例如，從百位花神或隱或顯的貫通全書，猶如串起珍珠之線繩的設計，以及第一回第一段的內容，我們可以推知李汝珍原本計劃藉由這一百位花神，書寫各種值得表彰的婦女言行。書中「薄命岩」、「紅顏洞」、「鏡花嶺」、「水月村」、「泣紅亭」等等的設置，更暗喻了本書的悲劇氛圍：總總因緣，皆如鏡花水月，終為虛幻。同時也點出了書名。但或許因為李汝珍本質上是個不得志的文人，對

於兒女閨閣之事所知無多，描寫上難免顯得有心無力。花神託生的這一百位才女，除了少數幾位有較鮮明的輪廓，其他全都面目模糊，個性茫然，即便是最後於討伐武則天中殉難的，也透著一種「因為必須有人死，於是他們就死了」的感覺，絲毫不與人悲愴之感。

又例如小說是以推翻武則天、恢復唐朝基業為主軸，但全書提倡婦女權益，炫耀女性才藝的情節，卻又是建立在武則天政權的基礎上。唐敖被武則天無理的剝奪了功名，何以又執意要女兒參與女試？駱賓王、徐敬業、魏思溫等人是反抗武則天的烈士，何以他們的女兒全都趕赴武則天開辦的女科？就書中描述，武則天是個才華過人、治績彪炳的女皇帝，何以竟被逼得狼狽退位？種種自相矛盾之處，令本書難以自圓其說。

此外，過度的炫耀才識，也讓故事變得單調乏味。例如在第六十九到九十三回裡，李汝珍嘗試透過這一百名才女，展露他各方面的才華與技藝，但是燈謎酒令、琴棋書畫、音韻數算、起課占卜，如此長篇累牘的鋪排下來，實在令讀者膩煩。出場人物之眾亦令作者無法一一顧及，最後竟變成數人頭似的出場紀錄。為了緩和枯燥單調的劇情，作者不得不寫些笑話以為調劑，但寫多了難免出錯，有些笑料之粗鄙，委實令人難以置信是出自才女之口。這些瑕疵，盡皆減損了本書的價值。

但即便就文學創作的立場來說，鏡花緣有著這樣那樣的缺點，比不上那些光芒萬丈的偉大著作，但鏡花緣一書所反映出來的思想識見，以及大篇幅展現的才學技藝，仍舊是不同凡響，值得我們細細品味，而充滿故事性、趣味性、含意又豐富的前半部書，更是歷來鏡花緣改編本的重心所在。

我的選擇也與前人類似，將改寫的重點放在唐敖的海外遊歷上。但一個很關鍵的問題是，作為鏡花緣一書之開端的花神們，是

否要在我的改編本裡占上篇幅。原著裡，花神們遭受貶謫的前因後果，除了作為全書的開場外，唐敖在海外或遇見或拯救的女子們，俱是諸位花神的轉生，百花仙子託生的唐小山更擔綱主演了十五回海外尋父的劇情。我思考了許久，最後決定略去花神不提。因為我只有六萬字的篇幅，與其為了讓故事看起來似乎前後呼應，而把花神相關劇情刪刪減減硬塞進去，不如專心寫好故事主線，盡我所能將從古代神話中幻化而出，諷刺了清中葉人情世態，形同格列弗遊記東方版的唐敖海外紀行，寫得活潑又精彩。

　　實際動筆時，我覺得將章回小說改以現代的文體呈現，是相對之下比較容易做到的部分。真正困難的地方在於，如何讓二十一世紀的讀者們看見作者所置身的那個時代，特別是書中所大力撻伐的許多社會現象，如今都已不復存在。最明顯的例子是「林之洋落難女兒國」這個段子。李汝珍為了讓讀者更切實的感受到男尊女卑社會對女子的殘酷壓迫，以一種謔而不虐的筆法，讓林之洋易地而處，經受了所有男性加諸在女性身上的殘酷待遇。在李汝珍的時代，女子纏足是很普遍的現象，他不用刻意渲染箇中血淚，就能讓讀者感同身受。但在我們的時代，除了上博物館，誰還見識過那一雙雙沒個巴掌大的小小繡花鞋？誰能想像這些繡花鞋曾真的穿在女子腳上？當那些過去於我們是一片空白時，又有誰能對纏足的痛苦發出共鳴？於是在改編時，我不得不添些筆墨，鋪陳那樣的痛苦。

　　又比如李汝珍為了普及音韻學的學習竅門，特別編寫唐敖三人費盡心機，終於在歧舌國求得韻譜，然後又絞盡腦汁，才習得這門技藝。但我們現在有注音符號可以用，說得一口標準國語，無法理解當時社會的南腔北調、一字多音，以及學者為了釐清歸納一個字的讀音，耗費了多少心力，導致難以體會李汝珍的珍貴用心。我再三斟酌，最後決定將歧舌國這段結束在唐敖三人取得韻譜，不繼續窮究韻譜的解讀——雖然我覺得那畫著一堆圈圈的韻譜，真是個有

意思的發明。

　　最後，學者出身的李汝珍，一寫到談經論史的橋段就是洋洋灑灑七、八頁，黑齒國的兩位才女輪番考校多九公的段落，就是個很明顯的例子。我不可能原文照搬，但又必須呈現多九公的窘迫，思來想去，只能簡化處理。至於腐儒酸丁，像是白民國的白字大師，淑士國的之字文，李汝珍的諷刺一針見血卻又不失溫厚，我深深覺得必須原文呈現，才能讓讀者體會其中況味，所以照錄了原文，希望各位不要嫌我偷懶。

　　走筆至此，拉雜的話已說得太多。接下來就請翻到下一頁，進入李汝珍的海外世界！

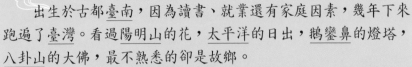

寫書的人
郭怡汾

　　出生於古都臺南，因為讀書、就業還有家庭因素，幾年下來跑遍了臺灣。看過陽明山的花，太平洋的日出，鵝鑾鼻的燈塔，八卦山的大佛，最不熟悉的卻是故鄉。

　　平生無甚嗜好，就是買書看書而已。上天待之不薄，拋了專業，在家相夫教子之餘，還有一點閒暇舞文弄墨，賺點小錢滿足買書的欲望。本書是作者繼汨羅江畔的悲吟：屈原、一件裘衣三十年：晏嬰、牛郎織女傳、弗萊明、凱因斯之後，與三民書局合作出版的第六本書。

　　唐敖很煩，又悶又煩，好像喉嚨堵著一口氣，想吐吐不出、要嚥嚥不下那麼的煩。為什麼呢？因為他被主管諫議的言官參了一本，好不容易捧到手裡的探花郎＊，就這樣頭也不回的拍拍翅膀飛走了。

　　究竟是怎麼一回事呢？先讓我們簡單了解一下唐敖這個人吧。

　　唐敖，家住嶺南。由於祖上留有良田數頃，生活還算寬裕，他也就放任自己，一年之中倒有大半年在外遊歷。數年下來，橫跨大江南北，各地名山勝境，大多留有他的足跡。

　　無憂無慮的生活總是令人沉溺，可是唐敖是個飽讀聖賢書的人，自然也懷抱著「修身齊家治國平天下」的理想，再加上遊走各地看見了許多民間苦難，他終究還是壓下好遊的性子，前後三次進京趕考，總算連

＊探花郎：科舉時代殿試第三名。

戰皆捷中了探花。眼看就要實現「為國家百姓謀福利」的願望，沒想到卻被言官翻出他年少時曾與徐敬業、駱賓王、魏思溫等人結交的事情。

徐敬業等人是誰？他們是前朝舊臣，是對李唐宗室忠心耿耿的將領，但在當今朝廷的眼裡，他們不過是群仗著有點軍力，便膽敢起兵造反的亂臣賊子，是人人得而誅之、必須連根拔起的叛逆！雖然徐敬業等人早在朝廷大軍的圍剿下兵敗身死，餘黨一一潛逃海外不知去向，但唐敖呢？言官的折子上斬釘截鐵的寫著：「唐敖膽敢結交亂黨，必定不是安分守己的人，假使任用為官，日後極可能假藉職務方便，私下勾結叛黨，為朝廷製造許多麻煩。」

武則天覺得言官的話很有道理，但在派人去唐敖的家鄉訪查後，得知他既不曾參與過謀逆行動，日常生活也沒有惡行劣跡，便只是革去他的探花功名，貶為秀才。

官員的進用與否，對君王來說不過是幾個字的事情，但對唐敖來說，前一秒他還躊躇滿志的飄在白雲上，想著要怎樣怎樣落實自己的理想，下一秒卻被一腳踹到地底下，所有的努力，所有的志向，瞬間成了幻夢一場。

他忿忿不平的想著：我跟敬業兄他們交朋友有什麼錯?明明是武則天先以女子身分主導政事，之後篡奪了李唐江山，心狠手辣的將李唐宗室一一除去，甚至任用一批殘酷官吏鎮壓反抗她的人，做遍了所有大逆不道的事情。敬業兄起兵討伐她是理所當然，就算兵敗身死也在所不惜，不過求仁得仁而已。

只是，事到如今，就算他暗自懷抱中興唐室的心願，就算他什麼都沒做也還沒有能力做，在武則天眼裡，他早已跟叛黨劃上了等號，功名前程再也不用想，恢復唐朝基業的抱負更是不可能實現了。

想到這裡，唐敖的滿腔熱血不禁全都凍結成冰，一片心灰意冷。看向弟弟派人送來祝賀他中舉的大筆銀兩，他更覺得自己沒臉回家，於是收拾行李，四處遊山玩水，想藉此消愁解悶。

鏡花緣

　　遊山玩水的時間總是過得飛快，一轉眼半年已過，又是初春時節。這日，他坐船沿著河流航行，不知不覺回到了嶺南，妻舅林之洋的家門就在前方，再走個二、三十里路，自己的家也要到了。然而即使非常想念家人，唐敖還是滿心的羞愧難安，不知該如何面對家人的失望，只好命令船夫先把船停靠在林之洋家的門口。

　　沒想到林家大宅裡鬧轟轟亂成一片，像是要出遠門的樣子。唐敖進門向林之洋以及他的妻子呂氏問聲好、敘敘舊，再幫忙看了甥女婉如的功課，才問起滿屋子四處堆放的貨物，究竟是為了什麼而準備的。

　　林之洋笑著回答：「俺連著幾年小病不斷，不得不擱下買賣，在家休養。難得最近身體強健了點，便決定準備一些貨物，要到海外碰碰財運，免得在家坐吃山空。」

　　唐敖一聽這話，忍不住內心一動。「舅兄，不瞞你說，這些年來，能遊的山水小弟通通遊遍了，再也找不出什麼可以消遣的。而這次進京趕考，舅兄應該也知道發生了什麼事情，所以小弟現在真的

鬱悶到了極點，很想飄洋出海，看看海外的風土民情、海島山水，一方面排解愁悶，另一方面開闊眼界。剛好舅兄要出海，不如就讓小弟搭個便船吧！小弟身上帶著不少旅費，支付船錢、伙食費不成問題，一路上的吃喝行動全都聽你們吩咐，絕對不會給舅兄添麻煩的。」

「妹夫，這不是錢的問題。」林之洋頓了頓，不知該怎麼說才好，便回頭對妻子說：「妳來說說妹夫吧。」

呂氏開口道：「我們的海船很大，不差姑爺一人，這船錢、伙食費什麼的就不用提了。只是出海跟一般出遊不同，沿途的風浪顛簸不說，海船能裝載的淡水更是有限，沐浴、盥洗都得從簡，每日茶水也只夠潤喉而已。我們長年出海營生，早就習慣這些不便，但姑爺是讀書人，平日自在慣了，怎麼捱得了這些辛苦？」

林之洋接著又說：「到了海上，船行快慢總要看風的意思，這一往一返，說不定要費個三年兩載，萬一錯過考期，豈不是耽擱了你的前程？」

雖然林氏夫婦的考量很有道理，但唐敖心意已決，當然不會就這樣算了。他條理分明的反駁：「舅兄，你

忘了小弟是出門慣了的人，向來是茶飲不飲無妨，沐浴亦可有可無，長江大河上也常行走，風浪又有什麼好害怕的。再說，經過這次好不容易中舉，卻又被削除功名的遭遇，小弟已經放棄追求功名利祿，只希望能走得越遠、看得越多越好，又怎麼會有被耽擱前程的想法呢？」

林之洋拗不過唐敖的堅持，只好答應他。

唐敖明白機不可失，趕緊託人帶信回家，告知自己即將出海遊歷的消息。過了幾天，眾人收拾妥當，便趁著順風揚帆啟航，唐敖的海外歷險也正式揭開了序幕。

第一章　東口山遍地奇珍異獸

一路上順風順水，船行速度很快，沒幾天就到了大海上。唐敖閒來無事，便指點婉如的課業打發時間，對她的聰慧感到十分欣喜；林之洋擔心唐敖在船上待得發悶，遇到可以停泊的地方，總要唐敖上岸去走走，讓他玩得很盡興。

這日，迎面來了一座巍峨大山，一聽林之洋說這山名喚東口山，唐敖突然想起以前讀過的記載。「那麼君子國、大人國都在附近囉？我在古書上看過，君子國的人謙和禮讓，不愧『君子』之名；大人國的人腳下都有祥雲托著，這是不是真的？」

「山的東邊是君子國，北邊是大人國，他們的情況也確實像你說的那樣。」林之洋笑著說：「再過去還有黑齒、勞民、深目這些國家，那裡的人生的是奇形怪狀，也各有奇妙的風俗，你就等著見識吧。」

說話間，船已停靠在岸邊。林之洋提著鳥槍、火繩，唐敖身配寶劍，兩人下了船，上了山坡，四處一

看，果然風景秀麗，美不勝收。

突然遠處山峰上走出一頭青皮怪獸，體型像豬，卻跟犀牛一樣龐大，還長著兩隻大耳朵，拖著四根象牙一般的大牙。

唐敖立刻眼睛一亮，「我還是第一次見到這麼長的牙齒，舅兄知道牠叫什麼名字嗎？」

「這個俺不知道，」林之洋抓抓頭，一臉慚愧，「船上有位船工，姓多，家裡排行第九，俺們都尊稱他一聲『多九公』。他長年在海外行走，對這些奇奇怪怪的東西可說是無所不知，無所不曉。可惜他沒跟俺們一起上山，不然你這問題就有答案了。」

沒想到，說人人到，多九公剛好從山下走過來，

林之洋趕緊揮手跟他打招呼，唐敖也拱手迎上前去。

「九公是因為在船上悶得發慌，也想到山上走走看看、透透氣嗎？俺們才剛說到你，你就來了。」林之洋指向那頭怪獸，問：「請問九公，那隻嘴裡長滿長牙的怪獸叫什麼名字啊？」

多九公撫著鬍子，一副胸有成竹，「是當康，因為牠叫聲的關係。聽說當康出現時，天下必然太平……」話還沒說完，那隻怪獸就「當康」、「當康」的叫著跑開了。

唐敖好奇的東張西望，突然一顆小石子砸中他腦袋。他「哎喲」一聲，吃驚的搗著頭，「這石子打哪兒來的？」

林之洋指著山坡，「你看那邊一群黑鳥，剛才扔石頭砸你的，就是這種鳥。」

唐敖仔細一看，只見那鳥體型像烏鴉，白嘴紅腳，頭上有許多花紋斑點，一整群都在那裡啄著石頭飛來飛去。

不等唐敖詢問，多九公從容不迫的解說：「這是精衛，又叫冤禽。傳說炎帝的女兒在東海遊玩時，不小心落海而死。她憤恨大海淹死自己，就將魂魄變成了精衛，每天啣石頭丟入大海，立誓總有一天要填平它。

久而久之，這鳥逐漸繁衍，如今竟自成一類了。」

唐敖聽了，忍不住一聲嘆息，「這鳥雖小，志氣卻令人欽佩，想那『啣石填海』是多麼不可能實現的事，牠卻一代一代堅持了下來。反觀我們，多少人還沒開始做事，就嚷嚷著『這事不可能成功，還是別做了』，當真是人不如鳥。唉，如果人人都像精衛一樣有恆心、有毅力，天底下還有什麼事情做不成呢？」

林之洋的性情豪邁，不像唐敖那樣容易觸景生情，他興高采烈指著遠處的樹林，大聲嚷嚷：「你們看，那些樹長得又高又大，不知是什麼樹？俺們過去看看，說不定可以摘點果子回船上吃。」

於是三人往樹林走去，沒想到遠看就感覺頗為高大的大樹，近看更像一座座聳立的巨塔。大樹高達五丈，寬要五個人手牽手才能環抱住；樹上沒有橫出的

枝椏，只有無數稻穗垂下，上面還結了一顆顆稻米，整株樹看起來，彷彿是放大了好幾千萬倍的稻子。

唐敖仰著頭，看向高高的樹梢，掩不住滿臉的不可思議，「我曾在古書上讀到『木禾』這種植物，難不成這樹就是木禾嗎？」

「正是。」多九公摸摸樹幹，表情有點遺憾，「可惜稻穀還沒成熟，不然帶幾粒大米回船上，倒是挺新奇的。」

林之洋一聽，精神馬上來了，「俺們可以四處找找，說不定地上留有幾粒之前的大米呢。」唐敖、多九公覺得這話很有道理，便跟著四處尋覓。

沒多久，林之洋就捧著一顆大米大喊：「俺找到了。」

只見這米有三寸寬，五寸長，大得跟臉盆一樣。唐敖忍不住一聲驚嘆，「這米若是煮成熟飯，說不定整個飯鍋都裝不下呢。」

「這有什麼好稀奇的！」多九公被木禾勾起了回憶，不由得話起當年來，「我年輕時曾在海外吃過一個大米。那米寬五寸，長一尺，煮熟吃下後滿嘴芳香，不但精神突然好了起來，還整整一年不覺得餓。我好奇那米究竟是什麼神物，多方打聽下，才知道那米叫

做『清腸稻』。」

　　林之洋眼睛一轉，突然哈哈大笑，「怪不得現在的人射箭打靶，那箭明明離靶子還有一、二尺遠，他偏偏要說『只差一米』，俺聽了實在滿肚子疑惑，想說這世上哪來那麼大的米，今天聽了九公的話，才知原來那個『一米』，指的是煮熟的清腸稻啊。」

　　唐敖也笑了，「『煮熟』二字也太挖苦人了。舅兄這句話要是被那些箭射不準的人聽見了，只怕要招來一頓追打呢！」

　　三人就這樣邊走邊聊，十分愜意。忽然林之洋苦了臉，揉揉肚皮。「走了好一陣子，肚子倒是有點餓了，可惜這林子似乎沒什麼可以拿來充飢的果子。」

　　「怎麼會沒有呢？你等等。」說著，多九公蹲在附近草叢裡摸索片刻，最後摘了幾枝青草。林之洋接過青草，放到嘴裡嚼了嚼，不禁點頭稱讚：「這草吃起來有一股清香，倒也好吃。請問九公，這草叫什麼名字？」

　　唐敖插口說：「我聽說海外有一種青草，長得像韭菜，開青色的花，名字叫做祝餘，可以裹腹充飢。我看九公摘的這草，應該就是祝餘了吧。」多九公點點頭，於是三人繼續往前走。

鏡花緣

不久，<u>林之洋</u>驚奇的大叫：「太神奇了，俺果真飽了！既然這草這麼有用，俺要多摘個兩擔，放在船上，哪天缺糧了就可以拿這草來救救急。」

<u>多九公</u>搖搖頭，解釋：「這草在海外很少見，哪有可能你臨時說要，就立刻集滿兩擔？更何況這草要趁新鮮吃才能充飢，等到莖葉枯乾，就沒效用了。」

這時，<u>唐敖</u>忽然在路邊折了一枝青草。那草看起來像松針，碧綠可愛極了，葉子上還有顆很小的種子。他把種子取下，手握青草，說：「舅兄剛才吃祝餘，小弟就吃這青草作陪了。」他一口把草塞進嘴裡，嚼了嚼。「嗯，還挺好吃的。」

吃完青草，<u>唐敖</u>拈起種子仔細端詳，又嗅了嗅味道——就在這瞬間，種子竟變成了青草，也是松針模樣，只是有一尺長。他疑惑的又吹口氣，青草又長了一尺，再吹第三口氣，青草竟長到了三尺！

<u>唐敖</u>喜孜孜的喀滋喀滋把草吃掉，<u>林之洋</u>一旁看得兩眼都快發直了，最後又是驚嘆又是發笑，說：「妹夫這麼能吃，只怕附近的青草都要被

你吃光呢。不過這種子是什麼東西，怎麼吹口氣就變成青草了？」

博學多聞、堪稱「活字典」的多九公回答：「這是躡空草，據說人吃了這草就能站立在空中。」

「真的嗎？」林之洋興致勃勃的要唐敖立刻試驗看看。唐敖也很好奇，便用力一蹬，頓時輕飄飄的飛了起來；他穩住身體，立在離地五、六丈高的半空中，彷彿站在實地上一樣。

林之洋仰頭看著高空中的唐敖，連連拍手大笑：「果然是躡空草，吃了就能『平步青雲』。妹夫要不要試著走幾步看看？」

唐敖點點頭。沒想到他一邁開步伐，就輕飄飄的墜了下來。「看來這草只能讓人停在半空中，沒辦法讓人在空中漫步。」說著說著，他開始覺得這躡空草的功效有點小兒科，耍耍噱頭可以，真要做點什麼卻絲毫使不上力了。

林之洋卻一點也不洩氣，又四處望了望，「那邊有棵棗樹，上面結了幾顆大棗，妹夫既然能竄高，要不要去摘幾顆下來解解渴？」

三人到樹下一看，才發現不是棗樹，雖然也有果子，卻是結在十餘丈高的樹梢上。

鏡花緣

多九公看清楚這樹的樣貌後，扼腕的連聲嘆息，「這果子名叫刀味核，據說每一口的滋味都不一樣，吃了還可成仙。雖說傳聞不可盡信，但這果子肯定對健康大有好處。只是現在果子長在樹頂上，唐兄再會登高也跳不了那麼高，看來是摘不到了。」

　　林之洋哪肯放棄，低頭想了想，立刻有了主意，「要不這樣辦吧。妹夫先跳到半空中，停一停，再繼續往上跳，像爬梯子一樣慢慢爬高如何？俺就不信這樣還摘不到果子。」

　　唐敖覺得林之洋的提議不太可靠，實在不大想試，但經不起林之洋一催再催，只得往上用力一跳！一時間，他的身體像是片羽毛一樣，在半空中飄飄盪盪，然後像斷線風箏般慢慢的落了下來。

　　林之洋懊惱得連連踩腳，「你怎麼不接著往上跳呢？」

　　唐敖聳聳肩，滿臉無辜，「我明明是往上跳啊，只是兩腳不聽使喚，最後還是墜了下來。」

　　多九公笑說：「你人在半空中，若要繼續往上跳，兩腳一定要用力，但踩的又不是實地，哪有可能不掉下來？如果像林兄所說，像爬樓梯一樣慢慢往上竄高，那不是只要有點耐心就能跳到天上去？天底下哪有這

種道理？」

　　但<u>林之洋</u>哪肯甘心，趴在草叢裡東翻西找，想要再找出一株躡空草，只是任他找得滿頭大汗，還是連半根草影子也見不著。

　　<u>多九公</u>忍不住開口相勸：「<u>林</u>兄，這躡空草不經吹氣不生，<u>唐</u>兄剛才吃的那株，大概是鳥兒啄食時湊巧吹了口氣才落地生成，你現在像無頭蒼蠅般四處亂找，哪裡找得到呢？」

　　突然間，對面山坡上出現一隻怪獸，白毛黑紋，下巴有許多黑色鬍鬚，體型很像猴子，身長不過四尺，屁股拖著的尾巴卻有兩尺長，正守著一隻死去的同伴在那裡嚎啕大哭。

　　<u>林之洋</u>皺皺眉，問：「牠是怎麼了？居然哭得這麼傷心。」

<u>多九公</u>嘆口氣，面露同情，「這野獸名叫果然，又叫然獸，是出了名的友愛同伴。由於牠們的毛皮很值錢，獵戶就利用牠們友愛同伴的特點，先獵隻果然，將屍體放在山坡上，然後躲在一旁等別的果然路過，趁牠們守著屍體啼哭時一一加以活捉。前面那狀況，應該又是獵戶設下的陷阱。」

　　話才說完便刮來一陣大風，林木唰唰的連聲響動。三人見這風來得古怪，趕緊躲到樹林裡。風過後，一隻毛皮斑斕的大老虎竄了出來。果然見到老虎，雖然嚇得全身發抖，卻還是守著同伴的屍體不肯逃開。老虎氣勢洶洶的大吼一聲，張開血盆大口咬住死去的果然。

　　說時遲，那時快，旁邊山坡一聲窸窣，瞬間一箭穿出草叢，往老虎臉上射去。「噗」的一聲，老虎眼睛中箭，痛得高聲嚎叫，連忙甩下屍體，朝箭射出的地方用力縱身一躍！只見牠凌空飛撲數尺，指爪齊張，非常駭人，可是隨即氣力用盡，直直摔了下來，龐大的身軀滾了幾滾，四腳蹬了一蹬，然後就不動了。

　　<u>多九公</u>一拍掌，一聲喝采：「這箭射得精彩！果然是『見血封喉』！」

　　<u>唐敖</u>好奇的問：「什麼是『見血封喉』？」

多九公一邊點頭，好似還在回味那凌厲的一箭，一邊回答：「看這老虎沒掙扎個幾下就死去，想必箭上塗了一種名叫見血封喉的毒藥，不管再怎麼凶猛的野獸，一旦中了毒，立刻血脈凝結，喉嚨緊閉，窒息而死。但是老虎的毛皮很厚，一般的箭難以射穿，這人便瞄準眼睛射入，使藥性能更快發作。再看那發箭的位置，隔著這麼遠的距離，居然能神準的射中老虎眼睛，可見這獵戶本領著實高強無比！待會兒一定要拜會這位高人一下。」

這時，山旁又走出一隻小老虎，到了山坡上，虎皮往上一揭──竟然是個美少女。她大約十三、四歲年紀，身穿窄袖白衣，包著白色頭巾，斜背一張雕弓。只見她走到老虎身邊，抽出利刃，三兩下剖開老虎胸膛，取出血淋淋的心臟提在手中，然後收了利刃，捲好自己的虎皮，準備下山。

「原來是個女獵戶。」林之洋玩興大起，說：「這樣小的年紀，居然有這麼了不起的本事，這麼大的膽量，不如讓我來嚇嚇她。」說完，不顧唐敖阻攔，舉起鳥槍，朝天空放了一槍。

女子驚叫：「我不是壞人，各位請高抬貴手。」她看準三人所在方向，行了個禮，問：「請問三位先生貴

姓？從何處來？」

唐敖瞪了林之洋一眼，率先走出樹林，指著身邊的兩個人，回答：「他們一位姓多，一位姓林，我姓唐，都是從中原來的。」

女子神色一動，追問：「嶺南有位姓唐名敖的先生，你們認識嗎？」

唐敖回答：「我就是唐敖。不知小姐有何指教？」

女子慌忙行禮，說：「原來唐伯伯就在這裡。姪女不知，望您恕罪。」

唐敖還了禮，忍不住好奇的問：「請問小姐尊姓？為什麼稱呼我為唐伯伯？」

女子回答：「姪女駱紅蕖，父親曾擔任長安的主簿*……」

聽到這裡，唐敖驚喜的問：「難道妳是賓王兄的女兒？」

「姪女正是。」

「妳怎麼會在這裡？還有，妳剖虎取心是為了什麼？」

駱紅蕖眼眶一紅，深吸口氣緩和情緒，才緩緩說

---

*主簿：官名。主管文書及印鑑。

起前因後果。

　　當年駱賓王隨徐敬業起兵討伐武則天，失敗後行蹤成謎。由於官差奉武則天之命四處緝拿叛賊家屬，駱賓王的父親駱龍只好帶著媳婦、襁褓中的孫女駱紅蕖與奶娘，再加上一名老僕人，一起逃亡到海外，最後流落到東口山的古廟裡。一家五口清苦但平安的生活了好幾年，沒想到去年有隻老虎為了追捕野獸，竟將古廟撞塌了，駱母被折斷的屋梁擊中，不幸傷重身亡。駱紅蕖便立志殺盡山中老虎，為母親報仇雪恨。

　　駱紅蕖抹抹眼淚，說：「怎知事情如此湊巧，姪女才剛獵了隻老虎，取了虎心要回去祭拜母親，竟就遇到了唐伯伯。」

　　「這是蒼天有眼啊！不然以天下之大之廣，如何才能相見？」唐敖一聲長嘆，問：「不知老伯現在好嗎？我希望能去拜見一番。」

　　駱紅蕖點點頭，「祖父就住在前面的廟裡，請隨姪女過去。」

　　四人一路前行，沒多久便來到一座古廟前。進了廟門，

只見一名鬚髮斑白、衣著簡單的老翁迎了出來，即使已經多年不見，唐敖還是一眼認出他正是駱龍。等眾人依序行禮、坐定，駱紅蕖緊跟著奉上茶。

　　稍聊幾句，交代了彼此的情況後，駱龍說出心中埋藏許久的願望：「老夫已老，餘日無多，因為兒子賓王的事情，此生已不可能回歸故鄉，但紅蕖正當年少，絕不能一輩子困在這山裡。老夫想要拜託賢姪，看在當年結義之情的分上，將紅蕖帶回中原，日後為她找個可以託付終身的對象。老夫心願得償，此生再無牽掛，就算置身九泉之下，也定會設法報答！」說著說著，眼淚忍不住滴了下來。

　　有誰能硬著心腸，冷眼旁觀老人家傷心落淚？唐敖一陣手忙腳亂，不知該怎麼安慰駱龍，只能盡力表明心意，「老伯這話真是見外！您都說了小姪與賓王兄情同兄弟，紅蕖不就等同於小姪自己的女兒嗎？今天受您囑託，帶她返回家鄉，日後自然會為她找個好對象，請您儘管放心！」

　　「多謝賢姪，今後就有勞你了。」駱龍擦擦眼淚，吩咐駱紅蕖：「還不快拜見義父，待會就隨他前去，別讓我滿心牽掛，日後就算入土也不能安心。」

　　駱紅蕖不由得悲聲大哭。她一邊哭著，一邊走到

唐敖面前，磕頭認了義父，又對多九公、林之洋二人行了禮，然後轉向唐敖，悲悲切切的說：「義父一片真情厚意，女兒本應隨您返回中原，只是女兒有兩樁心事：一來祖父年事已高，身旁無人照顧，女兒怎麼忍心離開；二來這山中還有兩隻老虎，女兒曾發誓要殺盡老虎為母親報仇，又怎能違背誓言？義父如果憐憫女兒的苦衷，請將嶺南的住址留下，等哪天皇帝大赦天下，女兒再和祖父投奔嶺南吧。」

駱龍聽了，再三苦勸駱紅蕖，說自己有僕人照顧，生活十分安適，要她安心離去，但駱紅蕖心堅似鐵，決定留在東口山侍奉祖父，讓他能安享天年。兩個人說了半天，費了許多口舌，就是沒有交集。

最後多九公出來打圓場，「小姐這麼堅持也是出於一片孝心，老伯強行要她跟著我們離開也是不近情理。老夫心想，既然我們還要到其他國家做生意，與其讓小姐跟著我們在海外漂泊，不如先讓她留在這裡侍奉老伯，等我們回航返國時，再讓唐兄將小姐帶回家鄉，這樣不就兩全其美了嗎？」

突然唐敖沒頭沒腦的說了一句：「要是我沒跟著回國怎麼辦？」

林之洋立刻臉色一沉，責備唐敖：「你說的是什麼

鏡花緣

話！今天俺們一同出航，將來當然一同返航，『要是沒跟著回國』這句話是怎麼回事？」

唐敖縮縮脖子，立刻道歉：「小弟不過是一時說錯話了，舅兄不要那麼認真。」接著轉頭對駱龍說：「紅蕖有這樣的孝心，也是相當難得的事情，老伯還是別勉強她了。」說完，他取來紙筆，寫下住址，又給了駱龍一些銀子以貼補家用，才依依不捨的告別離開。

不久，駱龍因病去世，已經殺盡山中老虎的駱紅蕖用唐敖留下的銀兩辦了喪禮，將駱龍葬在古廟旁。只是等了兩年，唐敖一直沒有消息，心想他們或許是從別的路徑返國，於是便收拾行李，循著唐敖給的住址，往嶺南去了。

第二章　海外理想國

離開東口山沒幾日，君子國就到了。林之洋上岸賣貨，唐敖因為常聽人說「君子國好讓不爭」，心裡實在好奇，便約多九公一起下船走動。走了數里，來到城門口，看到城門上懸了一塊牌匾，寫著「唯善為寶」四個大字。

進了城，街市上人們來來往往，非常熱鬧。唐敖稍作觀察，發現他們不僅服裝與中原的相同，就連語言也相差不多，於是壯起膽子問向旁邊一位老翁，「這位老丈，晚輩來自海外，一向仰慕貴國風範，想請教貴國如何能做到人人好讓不爭。」

誰知老翁一臉莫名其妙，什麼都答不上來。

唐敖以為是這問題不好回答，便換了個問題，「請問貴國為什麼叫作君子國呢？」

老翁的困惑更深了，想了半天，最後他難為情的說自己識見不如人，沒辦法回答唐敖的問題，要他另請高明。

唐敖只好去問別人，沒想到一連找了幾個，都是同樣的結果。

　　最後，多九公做了個結論：「據老夫看來，這個『君子國』的名字及『好讓不爭』的評語，大概都是鄰國取的，所以他們本國人反倒對這些評語一無所知。不過我們這一路走來，到處看得到相互禮讓的情景，確實符合『不爭』二字，再加上這裡無論是窮人還是富戶，舉止言談無不謙恭有禮，也的確不負『君子』的美名。」

　　這時，對面攤位有個農人選妥貨物，付了銀子，帶著東西轉身要走。小販接過銀子仔細一看，又秤秤重量，趕緊叫住農人，「老兄慢走。我剛才說的價格，是針對中等成色銀子的，可是你用上等成色的銀子付帳，根本是多給了，小弟得退點碎銀給你。」

　　農人說：「上等銀子、中等銀子，其實也相差不了多少，這點零頭就先記在帳上，改天我來買貨時再扣款不就成了。」說完，他繼續要走。

　　小販再次攔住他，「這怎麼可以！去年有個老兄也是多付了銀子，也說改天買貨時再算，結果到現在也不曾露過臉，小弟想退還這筆款項都不曉得要上哪兒找人。所以，依小弟的看法，與其等日後買貨再算，

不如現在就結清帳款，免得日子久了，弄得記憶也糊塗了。」

農人仍想推讓，小販卻不肯占便宜，兩人說來說去沒有結果，最後農人只好再多拿兩樣東西，而小販依舊口口聲聲說著：「你銀子實在給多了！」後來眼見農人已經走遠，小販無可奈何，剛好看到有個乞丐經過攤位，便將多出來的碎銀全都送給乞丐。

這一幕看得唐敖、多九公讚嘆不已。因為在別的國家，情況只會是小販花言巧語，努力要多抬一點價，而顧客挑三揀四，想要少付一點帳——好讓不爭的君子國，確實特別。

接著迎面走來兩位老人，白髮如霜，氣色紅潤，笑容滿面，舉止優雅，唐敖覺得他們絕對不是普通人，連忙站到一旁，拱手行禮，報上自己的姓名來歷。

「原來兩位來自天朝上邦＊！」吳之祥回了禮，問：「難得今天有幸相遇，不知兩位能不能賞臉，光臨寒舍，讓我們略盡地主之誼？」

唐敖、多九公不敢怠慢，趕緊答應。四人一路說說笑笑，沒多久就到了吳氏兄弟的家門前。只見兩扇

＊上邦：古代外邦對中國的尊稱。

柴門，四周圍籬上攀著許多青藤，門前池塘裡長滿蓮花，園中幾叢青綠勁竹，氣氛十分清雅。進到一間寬敞的客廳，廳中懸著一面國王賞賜的匾額，上面寫著「渭川別墅」四個大字。

　　多九公望望匾額，暗自疑惑吳氏兄弟的身分，心想：為什麼他們能得到國王親筆書寫的匾額？

　　吳之和首先表達了對天朝的仰慕之情，然後說：「今天難得兩位來到這裡，我們有幾件事情一直疑惑不解，不知是否能請兩位解答呢？」

　　「您太客氣了。」唐敖回答：「請直說吧，小弟必定知無不言，言無不盡。」

　　於是吳氏兄弟滔滔不絕的說出連番疑問：

「聽說貴國很講究風水，作子孫的往往為了選個能庇蔭後代的好墓地，就暫時將父母靈柩寄放在寺廟，結果往往拖延多年，使死者一直無法入土為安。但反過來一想，假使真有所謂的『好風水』，為什麼那些負責看風水的人不留著自己用？若說一塊好墓地有福蔭子孫的能力，那些擅長看風水的人又有幾個後來真的發達了？

「又聽說貴國宴客極盡奢華，各式小點、冷盤多達十數種不說，主菜也大碗大盤擺了八、九種，但往往主菜還沒上桌，客人就已經吃小菜吃飽了，接下來的菜餚再豐富豪奢，也不過擺著看看而已。久而久之，貴國竟發展出一個奇怪的想法，認為食材越昂貴難得，就越顯得主人有誠意，美不美味倒是其次，這是什麼道理？

「像是燕窩，這東西形狀像粉條，吃起來無滋無味，在我國只有貧苦人家才會拿來充飢，但在貴國卻因產量少、價格高，聽說宴會時一定會來道燕窩煨雞湯。結果呢，對客人來說不過吃了一碗粉條、半碗雞湯，主人卻覺得客人滿嘴都是銀元寶。小弟不解，若是宴客目的在於誇耀自己的富有，為什麼不乾脆在盤子上擺滿珍珠白銀，這樣還更好看點呢。

鏡花緣

「還聽說貴國婦女必須纏足*。剛開始纏足時，女子萬分痛苦，捧著用布緊緊纏裹的兩隻腳日夜哭嚎不已，最後甚至兩腳的皮膚、肌肉都腐爛了，滲出許多膿汁血水。到這時，簡直是寢食難安、生不如死，種種疾病也由此而生。小弟不解，貴國用這種折磨人的方法，將女子雙腳纏得小小的，讓她們站也站不穩，出個門都要人攙扶的原因是什麼呢？再說，『三寸金蓮』到底美在哪裡？這明明是殘廢啊……」

吳氏兄弟一口一個不解，說得非常暢快，<u>唐敖</u>、<u>多九公</u>只覺得兩頰發熱，臉上無光。這些風俗的惡劣之處他們都十分了解，私底下也很是不屑，但被外國人當面一一指出來，實在很沒面子。

正當一方說得高興，一方尷尬難熬的當下，一名僕人慌慌張張跑了進來，說：「兩位相爺，剛才官吏來報，國主因為各國國王相約一起到<u>軒轅國</u>祝壽，有軍

---

* 纏足：古代女子從小用布條緊裹雙足，壓抑生長，使腳彎成弓狀，纖細嬌小，認為如此才美觀。

國大事要當面與兩位相爺商議，待會兒就到。」

　　唐敖、多九公這時才知自己誤打誤撞，居然進了君子國宰相的府邸。二人見機不可失，立刻起身告辭。走到外頭，只見大街一片淨空，老百姓都躲得遠遠的，的確是國王出巡的陣仗。

　　多九公感慨萬千的說：「我看那吳氏兄弟舉止文雅、氣宇軒昂，以為他們不是隱士，便是高人，沒想到竟是當朝宰相！身居如此高位，為人卻謙恭和藹，讓中原那些身上有點功名就鼻孔朝天、輕視百姓的官吏看了，豈不是要羞愧死！」

　　兩人回到船上，正要開船時，吳氏兄弟派遣家人送來許多點心、水果，還賞了水手們倭瓜十擔、燕窩十擔。

　　當天晚上，眾人煮了倭瓜燕窩湯當晚餐，水手們都很歡喜，不停的說：「我們向來只聽人說燕窩貴重，卻從沒吃過。難得今日有人送燕窩，正好趁機嘗個新鮮。」一個個把燕窩舀了一整碗，放在嘴裡嚼了嚼後，紛紛皺起眉頭，說：「好奇怪！這樣的好東西，為什麼吃起來一點味道也沒有！」更有幾個人咂嘴抱怨：「這明明是粉條啊，怎麼

拿來冒充是燕窩？我們被他騙了！」等到晚飯吃完，鍋裡還剩了不少燕窩。

林之洋知道這件事後，拜託多九公按照粉條的價錢，收購了一大堆燕窩。他眉開眼笑的說：「怪不得連日喜鵲只管朝著俺叫，原來是天降橫財啊！」

※　　　　　　　※　　　　　　　※

走了幾日，來到大人國。林之洋因為在君子國沒賣成什麼東西，考量這裡與君子國相鄰，兩國風俗、語言、土產也都相似，再加上彼此商人往來頻繁，認為自己很難作到好生意，所以不去賣貨，而是跟著唐敖、多九公一起下船遊玩。

走了走，越過山，到了街市，只見人口繁密，往來熱鬧，一切景象都與君子國大致相同。不過這裡的人比起其他國家的人，身材確實高多了，唐敖三人雖然不算矮，卻也只到他們的胸口而已。另一個特點是，大人國的人行動時，有祥雲托著雙腳一起移動，離地約有半尺高；他們一站定，雲也跟著停住。而且每個人腳下的雲，顏色都不相同，形狀也不一樣。

唐敖對這一點感到很好奇，「請教九公，我曾聽說大人國的人只能乘雲移動，但他們腳底下的雲是天生就有的嗎？」

多九公點點頭，「確實是天生的。」

唐敖又問：「我看這雲什麼顏色都有，代表什麼意思呢？」

多九公回答：「聽說五彩祥雲最尊貴，黃色的其次，其他的沒什麼高低之分，就是黑色的最卑賤。」

這時一名乞丐剛好從他們身邊經過，看著他踩著的五彩祥雲，唐敖不禁覺得奇怪，「九公，既然五彩的最尊貴，為什麼那個乞丐可以腳踩五彩祥雲？」

「你知道這雲為什麼分成那麼多種顏色？因為它反映了人心啊。」多九公詳細解釋：「胸襟光明正大的人，腳下的雲自然而然就是彩色的；滿腔自私奸猾的人，腳下的雲自然也變成黑色的。這種顏色上的變化，完全依隨心境，絲毫勉強不來。由於這國家的人都以彩雲為榮，以黑雲為恥，所以遇見壞事，都退得遠遠的；遇到善事，無不踴躍爭先，完全沒有卑劣惡質的小人習性，因此大家都稱這裡為『大人國』。」

說到這裡，街上人們忽然都往兩旁一閃，讓出一條大路。片刻後，一位官員從中走過，他頭戴烏紗帽，身穿圓領官袍，隨從前呼後擁，看起來倒也威嚴，只是腳下圍著紅色絲綢，看不出雲的顏色。

唐敖小聲的問多九公：「這官員為什麼要用紅布把

雲蓋著？」

「大概是因為雲突然變成灰色的緣故吧。」多九公撫著鬍子，眼中一片了然，「凡是暗中做了虧心事的人，雖然他瞞得密不透風，但雲卻毫不留情的現出了灰色，教他在眾人面前丟臉。他雖然用紅布蓋了起來，但誰不是一望即知他的雲出了問題。」

唐敖稍一思索，問：「那顏色改了的雲，還會變回原本的色彩嗎？」

多九公回答：「只要他痛改前非，一心向善，這雲的顏色也就改回來了。如果惡雲一直不褪，不但國王會派人調查他做了什麼虧心事，加重刑罰，一般人也會因為他有過不改，自甘墮落，再也不敢跟他親近。」

聽到這裡，林之洋忿忿的抱怨：「原來老天爺做事也不公平！」

唐敖忍不住反問：「哪裡不公平了？」

林之洋義正辭嚴的說：「老天爺只讓這雲生在大人

鏡花緣

國，其他地方都沒有，難道不是不公平？若是天下人都掛著這塊招牌，讓那些是非不分、心懷惡念的人腳下都生出一股黑雲，各個在人前現出了真面目，這樣不是痛快極了？」

多九公笑著勸說：「世間那些不明辨道德的人，即使腳下沒生黑雲，頭上卻有黑氣沖天，比那黑雲還屬害呢。」

林之洋依舊相當氣憤，嚷嚷著說：「你說他頭上有黑氣，俺又看不到，這有什麼用？」

多九公回答：「你看不見，老天爺卻看得明白，分得清楚。善人終有善報，惡人招來惡果，冥冥中自有道理。」

「真的？」

「真的。」

林之洋點點頭，終於消氣，「如果真的是這樣，那俺就不怪祂老人家不公平了。」

※　　　　　　　　※　　　　　　　　※

抵達勞民國後，等船停靠好，唐敖立即拉著林之洋和多九公下船。只見街市裡人來人往，每個人的臉全都黑得像塗了墨汁一樣，走路時身體東搖西晃，一刻也停不住。唐敖原本以為他們是走路匆忙，身體跟

著亂動，但馬上就發現路邊的人不管是坐是站，身體也都是搖搖擺擺的，才知這是天性使然。

唐敖微微一笑，說：「這個『勞』字果然用得恰當。難怪古人說他們急躁、不安定，一點莊重樣子也沒有。」

林之洋搖搖頭，一臉受不了，「俺看他們比較像患了羊癲瘋，全身上下抖個不停，不曉得晚上怎麼睡覺？幸虧俺生在天朝，如果生在這裡，教俺也這樣拚命搖，不用兩天，骨頭就搖散了。」

聽他這麼一說，不禁令唐敖好奇起一件事，「九公，他們整天忙忙碌碌，一刻不停，如此操勞，不知道壽命長嗎？」

「海外有句話說，『勞民永壽，智佳短年』。」多九公笑答：「你別看這裡的人終日忙碌，其實不過是勞動筋骨，並不操心費神；再加上這裡不產五穀，多食水果蔬菜，煎炒烹調的菜餚從不入口，所以人人長壽。不過我向來有頭暈目眩的毛病，今天見多了他們這副搖擺的樣子，覺得一陣頭暈眼花，只好先走一步。你們二位自己隨處走走吧。」

唐敖搖搖頭，「這裡的街市規模既小，又沒什麼值得看的東西，九公既然怕頭暈，不如就一起回去吧。」

回程的半路上，他們看到一些勞民國人提著許多雙頭鳥在那邊販賣。雙頭鳥關在籠子裡，吱吱喳喳叫個不停，聲音極為好聽。

林之洋是個有經驗的商人，立刻從中看到商機，「這鳥在歧舌國應該有銷路，不如買個幾隻，到時候說不定還可以從中賺到幾罈酒喝。」於是他買了一對，又添購許多雀食，才回到了船上。

※　　　　　　　※　　　　　　　※

走了幾日，來到聶耳國。放眼望去，他們的五官樣貌、身材體態跟一般人差不多，只是耳朵垂到腰際，走路時得要兩手捧著耳朵才行。

唐敖忍不住好奇，「我曾在面相書上看過，說『兩耳垂肩，必主大壽』。這聶耳國人耳長到腰，想必一定都很長壽囉？」

多九公呵呵笑了，「唐兄，這你可就猜錯了。自古以來，這國家從沒人活過七十歲。」

唐敖吃了一驚，「怎麼會這樣呢？」

多九公回答：「據我看來，這正是『過猶不及』的道理。大概是兩耳過長，反而變得很礙事。就像當年漢武帝的人中*超過一寸長，他便引用面相書裡『人

---

*人中：鼻子下方，嘴脣上方凹陷的部位。

中長達一寸的人，享壽可達一百』的記載，向東方朔求證自己是否能活過一百歲。結果東方朔用個玩笑回答他：『傳說彭祖活了八百歲，若照面相書的說法，他的人中應該比臉還長了。』所以說，面相與壽命的關係，恐怕是沒有根據的。」

林之洋突然嘻嘻的笑了起來，「若是人中長度跟壽命有關，只怕彭祖老年時，臉上只長了人中，把鼻子、眼睛、嘴巴都擠得沒地方擺了。」

「其實聶耳國的耳朵還不是最長的。」多九公搖頭晃腦，模樣十分認真嚴肅，「我去過海外的一個小國，那裡的人耳朵長到腳邊，就像兩片蛤蜊殼，剛好把人夾在中間。睡覺時一隻耳朵當床墊，另一隻耳朵做棉被。耳朵更大的人，連兒子、女兒都可以一起睡在裡面。如果說耳朵大的人就長壽，這個豈不是可以長生不老了。」

三人忍不住哈哈大笑。

這天路過元股國。唐敖坐在船上，遠遠就看見元股國人頭上戴著斗笠，披件無袖無領的上衣，下身穿著魚皮褲，沒穿鞋襪，都在海邊捕魚。他們上半身皮膚的顏色跟一般人一樣，小腿以下卻黑得像被煤灰燻

鏡花緣

黑的鍋底。

他東望望、西望望，接著一聲長嘆，「原來元股國這麼荒涼！」本來他想跟多九公打商量，看看是不是可以繞過這個荒涼的國家，卻因為水手們說要買魚，船便靠了岸。

林之洋提議：「這裡的魚蝦又多又便宜，他們去買魚，俺們為什麼不去逛逛呢？」

唐敖想了想，反正也無事可做，「也好。」

於是三人沿著海邊漫步，忽然看見有個漁夫網起一條長著一個魚頭、十個魚身的怪魚，一群人圍在那裡指指點點，都在評論那尾怪魚。

三人也湊過去，唐敖看了一眼，「九公，這魚應該就是『芷魚』吧？聽說這種魚聞起來香如蘭花，不知是不是真的？」

多九公還來不及回答，林之洋已經湊向怪魚，彎下腰聞了一聞。突然他眉頭一皺，張嘴「哇」的一聲，嘔個不停，等他終於緩過氣時，整張臉都泛著憔悴的青灰。「你這個玩笑真是太過分了！俺以為這魚真的香

如蘭花，狠狠一聞，結果臭得令人反胃！」

多九公笑說：「林兄，是你動作太快了，我什麼都還來不及說呢。你快去踢牠一腳，看牠的聲音是不是跟狗叫一樣。」話才說完，那魚突然叫了幾聲，果然聽起來像狗叫。

唐敖腦海靈光一閃，「九公，這魚是『何羅魚』吧？」

一聽這話，林之洋更加生氣了，「既然不是芷魚，妹夫你怎麼不早說，害俺還去聞牠的臭氣！」

多九公趕緊打圓場：「何羅魚跟芷魚都是一頭十身，只是一個香如蘭花，一個叫聲如狗。只怪牠叫得慢了點，不是唐兄故意騙你。」

旁邊又網起幾條大魚，才剛拖上岸，大魚立刻「啪嗒啪嗒」的搧動魚鰭，一起騰空飛去。唐敖「呀」的一聲，非常驚訝，「這是飛魚吧。我聽說用飛魚來治療痔瘡，效果非常好。」

多九公點點頭，「確實如此。」

林之洋扼腕的跺腳，「可惜！這魚要是沒飛走，俺們就可以帶幾條回去幫人醫痔瘡了。」

「不只醫痔瘡而已。」多九公哈哈一笑，說：「傳說吃了飛魚的人，死了兩百年後可以復活成仙呢。」

這時，海面遠處冒出一截魚背，金光閃閃，上面長有許多鱗片，長長背鰭豎在那裡，就像一座山峰。

　　唐敖不禁驚嘆，「沒想到海中居然有這麼大的魚！難怪會有古人說：『大魚游弋大洋中，第一天碰見魚頭，第七天才碰見魚尾。』」

　　三人看夠海景，往回走到離船不遠的地方時，忽然聽見許多嬰兒的啼哭聲。順著聲音望過去，原來有個漁夫網起了許多怪魚，仔細一看，這些魚肚子下有四條長腿，上半身像一般婦人，下半身仍是魚形。

　　多九公解說：「這是海外獨有的『人魚』。唐兄應該是第一次看到，要不要買兩條帶回船上去？」

　　唐敖搖搖頭，「這魚的哭聲太慘、太可憐，我怎麼忍心帶到船上去！不如買了放回海裡，算是做點好事。」說完他將人魚全部買下，放回海中。重獲自由的人魚們鑽進海裡，馬上又浮上海面，臉朝岸邊點了幾下頭，像是在道謝一樣，接著將魚尾一擺，潛入海裡消失不見。

　　三人上了船，等水手買好魚回到船上，就啟航出發了。

第三章 黑齒國的小才女

　　這天，<u>唐敖</u>正在和<u>婉如</u>談論詩詞歌賦，船頭處突然傳來一聲槍響。他以為遇上了海盜，心裡又驚又疑，趕緊拉著<u>林之洋</u>到船艙外頭看看情況。

　　一問之下，原來是<u>元股國</u>放回海裡的那些人魚一路跟著海船，怎麼趕都不離開，水手們被跟得煩了，才用鳥槍打傷了一隻。

　　<u>唐敖</u>很不高興的對水手們說：「之前是因為這種魚長得很像人類，不忍心聽牠們哭得那麼悲慘可憐，所以買來放生。今天你開槍打傷牠，先前做的好事豈不是都白做了？」

　　<u>林之洋</u>也說：「牠們跟在船後又不礙事，你們居然恨得要開槍？」

　　<u>唐敖</u>頓了頓，換了個語氣，勸說：「也許這魚很聰明，是因為感念當日的救命之恩才捨不得離開。你們就別傷牠們性命吧！」

　　正要開第二槍的水手們聽到<u>唐敖</u>這麼說，覺得也

有道理，才住了手。

　　化解衝突後，唐敖、林之洋來到船的後頭找多九公聊天。唐敖問：「之前在東口山，舅兄曾說經過君子國、大人國之後就是黑齒國，怎麼走了那麼多天還沒到呢？」

　　多九公解釋：「林兄只記得黑齒國離君子國很近，卻不記得那是走陸路。我們走的是水路，要再經過無繼、深目二個國家，才會到黑齒國呢。」

　　「無繼」二字讓唐敖想起了一件事。「我聽說無繼國的人從不生育，沒有後代子孫，這是真的嗎？」

　　多九公點點頭，「是的，因為他們沒有男性、女性的分別。」

　　「既然不分男女，當然也就沒有生育這回事。只是當無繼國人一個接著一個壽終正寢，這國家的人不就越來越少，總有一天就滅亡了？」唐敖覺得這事情太過奇怪，天底下怎麼會有這種袖手旁觀自己逐漸消滅的國家民族啊？

多九公習慣性的撫著鬍鬚，解釋：「他們雖不生育，但死後屍體也不會腐爛，等過了一百二十年，就會復活。所以這個國家的人，活了又死，死了又活，並不會減少。不過即便死後還能重生，由於已經隔了一百多年，周遭一切是景物依舊，人事全非，上輩子的種種經歷就像是一場夢。所以他們總是把人死了叫做『睡覺』，活在世上的叫做『作夢』。既然看透了生死，也就不會爭名奪利了，至於種種強取豪奪、胡作非為的事，更是不曾出現過。」

　　「如果真的是這樣，那我們確實笨得可以啊！」林之洋一臉若有所悟，「他們死後能夠復活，卻看淡了名利；俺們死了就死了，怎麼反而一輩子陷在追名逐利中？假使被無繼國人知道，豈不是會被恥笑嗎？」

　　唐敖眨眨眼，笑問：「舅兄既然怕被恥笑，為什麼不將名利心放下些呢？」

　　林之洋嘆口氣，半是自嘲，半是認真，「俺也曉得，人活在這世界上，就好像作夢一樣，名利二字也不過是虛假的。不過到了爭名奪利的時刻，一顆心就不由自主的沉迷，好像自己真的能永生不死，一味朝前奔命。將來要是哪天俺迷失了，還希望有哪位能好心提醒俺一聲，把俺驚醒。」

多九公熟知人情世故，太清楚人性的弱點，只說：「你如果犯迷糊了，我雖然可以提醒你一聲，只怕你不但不醒悟，還要責備我才是傻子呢。」

唐敖不由得心生感慨，「九公這話有道理。世上的名利本來就是一座迷魂陣，人在陣中吐氣揚眉、洋洋得意時，有誰能勸得醒他！等到他眼睛閉了，兩腿一伸，這才曉得任憑過去用盡心機，建功立業，也不過是一場春夢。人若能參透這個道理，凡事看淡些，退後一步，忍耐三分，也就免去許多煩惱，少了無限風波。」

多九公附和：「唐兄說得對極了。」

※   ※   ※

過了無繼國，就抵達了深目國。唐敖發現深目國人臉上沒有眼睛，而是在手上生出一隻大眼，若要看上面，就將手掌朝天；若要看下面，就將手掌朝地；左右前後隨心所欲，十分靈巧方便。

林之洋看夠了這移動手掌就能讓眼睛東張西望、前窺後探的奇異景象後，說：「幸虧是眼睛生在手上，如果生在手上的是嘴巴，吃東西時，任你再怎麼會搶食物都搶不過他。不知道深目國有沒有近視的人？眼鏡若是戴在手上，感覺也挺好看的。請問九公，他們

怎麼會將眼睛生在手上呢？」

多九公回答：「我猜想，大概是因為他們認為現在的人心思太過複雜，難以捉摸，為求謹慎，便將眼睛生在手上，隨時察看四面八方，易於防範。」

唐敖點點頭，說：「古書上雖有『眼生手掌』這句話，卻從沒說明為什麼。今天聽九公這個奇妙的論點，也算彌補書本記載的不足了。」

※　　　　　　　　※　　　　　　　　※

黑齒國終於到了。聽說這裡的人不但全身皮膚黑得像浸過墨水，就連牙齒也是黑的，映著一點朱脣，兩道紅眉，一身紅衣，更是令人覺得黑得不得了，因此唐敖認為他們的容貌一定也是醜陋無比。只是從船上往陸地望，相隔實在太遠，他怎麼都看不清楚黑齒國人的相貌，於是約了多九公一起去走走，林之洋則是帶著許多胭脂水粉去賣貨了。

上岸後，唐敖簡單打量一下四周，問：「他們長得這副模樣，不知道這個國家的風俗如何？」

多九公回答：「這裡緊鄰君子國，風俗應該不會太過野蠻。不過我雖然路過這裡好幾次，卻因他們生得實在醜陋，料想他們肚子裡也沒什麼學識，所以從沒上岸過。

今天還是初次到這個國家觀光呢。」

　　進了城，沿途買賣貨物的人不少，街景倒是熱鬧，語言也算容易聽懂。市集裡，男人都走在右邊，婦女都走在左邊，彼此來來往往，絲毫不顯混雜。

　　唐敖覺得這情景相當有意思，笑說：「沒想到他們雖然生得一副黑炭模樣，卻很講究男女之別，禮儀也很周全，這應該是受到君子國的影響吧。」

　　「之前在君子國，那吳氏兄弟曾說他們國家的風氣，都是受我們天朝文章薰陶的結果；而黑齒國又是受到君子國的感化。追根究柢，我們天朝的文化算是這些國家的根本了。」多九公為自己的國家感到非常驕傲。

　　談論間，兩人隨意轉進一條小巷，看見一戶人家，門前貼著一張紅紙，上面寫著「女學塾」。

　　唐敖驚訝得停住腳步，「九公你看，這裡居然有專供女子讀書的私塾呢！不知道她們讀的是什麼書？」

　　這時門內走出一位老先生，見唐敖和多九公的服裝、容貌，知道他們來自異鄉，於是行禮說：「兩位貴客，若不嫌這兒粗俗鄙陋，不如進來喝杯茶吧？」

　　唐敖正想問問黑齒國的風俗習慣，連忙回禮答謝，拉著多九公一同進屋。

屋裡有兩個女學生，都是十四、五歲的年紀，一個穿著紅衣，一個穿著紫衣，臉龐雖黑，但彎彎兩道朱眉，盈盈一雙秀目，再襯著一頭漆黑長髮與櫻桃般的小嘴，看起來還算清秀可人。她們向二人行禮，唐敖、多九公也莊重的還了禮。老先生請他們就坐，女學生奉上茶水，彼此問了姓氏、出身。誰知這位老先生患有重聽，唐敖喊得喉嚨都快啞了，才讓老先生聽清楚。

　　原來老先生姓盧，是本地有名的秀才，為人忠厚，是個在教學上很有一套的老師。他一聽唐敖、多九公都是讀書人，又來自天朝，不禁說了許多仰慕的話。唐敖連連稱說不敢，最後才問了女學塾的由來。

　　盧老秀才答說：「我們尊崇天朝的慣例，也是以詩賦取士。雖然女子不能應試為官，但每隔幾年，國母就會召開觀風盛典，凡是懂得筆墨、略具文采的女子，都准許參加考試，文章寫得好的才女，不是賞賜匾額或官服，就是賜給她的父母甚至公婆尊榮的封號，以作為獎勵，誇讚他們教女有方，這實在是我們國家的一大盛事。所以凡是有女孩的家庭，等她長

到四、五歲的時候，都會送到私塾讀書。」

「原來如此。」唐敖和多九公點點頭，相當讚許這樣的風俗。

盧老秀才指著紫衣女子，說：「這是小女，穿紅衫的姓黎，是我的學生。前年兩人參加考試，僥倖都名列三等。由於國母已經決定明年春天再次舉辦觀風盛典，現在她們都在加緊用功呢。」他轉頭吩咐：「今天難得兩位大賢來到這裡，妳們平日讀書有什麼不懂的，還不趕緊拿出來請教，增廣見識。」

多九公年輕時考取過秀才，對自己的學識向來有些自負，一聽這話便說：「不知兩位才女有什麼指教？關於學問的道理，老夫雖然不是十分精通，但對於一般的文章含意，倒還知道一點。」

紫衣女子行了禮，說：「婢子＊向來聽說天朝是人文薈萃之地，大賢來自天朝，又是讀書之人，想必見多識廣，學富五車。婢子生在偏遠海外，天資又不算聰穎，閱讀先聖先賢的經書時常有疑惑。今天想藉機請教，又擔心自己的問題太過粗淺鄙陋，恐怕是自不量力，怎麼敢說是指教呢。」

＊婢子：古代女子對自己的謙稱。

多九公心中暗想：聽她談吐還算斯文，看來是讀過幾年書的。可惜她這麼年幼，又不過是個女子，肚子裡能有多少學識？算了，能有機會與這外國黑女談談，也是段佳話。

於是他撫了撫鬍子，說：「才女請坐，不必這麼謙虛。老夫雖然讀過書，但這些年來遊走四方，無法博覽群書，除了小時候讀的書還記得一點外，其他的都荒廢了。才女有什麼想問的，還請說得詳細些，如果是老夫知道的，一定詳細回答。」

唐敖在一旁接口：「我們都拋開書本很多年了，識見不足的地方，還望妳們指教。」

聽到「指教」這兩個字，多九公鼻子不由得哼了一聲，心想：不過是海外的兩個小丫頭，肚子裡能有多少學問？唐兄這麼謙虛，未免太過抬舉她們了。

沒想到當紫衣女子請教某個字的讀音，他引了幾本經書說明，正為自己寶刀未老而沾沾自喜時，紫衣女子竟補充了另外幾本他根本沒聽過的書本的說法。俗話說「學而不厭」，沒有幾個讀書人會認為自己已經學夠，不需要再精益求精了，所以多九公其實是很想問個清楚的，但是他剛才把話講得太滿，現在實在拉不下臉請教，只好說：「這些文字小事，誰有功夫去

記，更何況記得幾個冷僻字的讀法，也算不上學問。妳們一心求學，可別把功夫下錯了地方。」

紫衣女子立刻反駁：「不過婢子聽人說過，要讀書必先識字，要識字必先知道讀音。若不知道讀音，全都敷衍了事，又要如何明白字義？大賢學問淵博，所以認為讀音無關緊要；我們才剛踏進學問之門，卻是萬萬不可忽略讀音的重要性的。」

頓了頓，她緩和了口氣，又說：「不過或許讀音這問題真的太瑣碎，婢子不好再拿這等瑣事煩勞，只是聽說要知道讀音，必先明白反切*，婢子雖認真研讀，卻不能完全明白。您博覽群書，可能會對反切比較了解，還請您指導一番。」

反切？可是我不太懂反切啊！但多九公不想承認自己不如兩名女學生，輕輕咳了一聲後說：「老夫小時也曾學過反切，只是未得真傳，實在不敢隨便談論。」

紫衣女子聽了，朝紅衣女子輕聲笑說：「這不是『吳郡大老倚閭滿盈』嗎？」紅衣女子點頭笑了一聲，唐敖和多九公則十分疑惑。

---

*反切：古時的一種標注讀音的方法，是用兩個漢字來幫一個漢字注音；前一字取聲母，後一字取韻母及聲調。例如：德紅兩字反切為東。因古時讀音跟今日不一定相同，所以反切出來的讀音不一定同今日的讀音。

後來，紫衣女子引了一句經書，和多九公討論起文句的意義。她伶牙俐齒，多方引證，逼得多九公又煩躁又氣悶——煩躁是因為對方的論點有憑有據，他駁不倒；氣悶則是因為他一連反問了兩次，卻被對方三言兩語駁了回來。

唐敖見多九公情況不妙，正好天邊傳來大雁的鳴叫，就想趁機岔開話題，「現在才初夏時節，沒想到大雁居然已經來了。」

哪知道從頭到尾沒說幾句話的紅衣女子，這時竟然藉「大雁」兩個字，問起經書裡某段文字的意思。多九公雖然大概記得內容，但要回答對方，光靠那點印象是不夠的，心裡不免著急，氣惱自己的一世英名就要栽在這裡。

還好唐敖出聲了。他中過科舉，高居探花，腹中學問當然淵博，將這個大雁的問題講解得既清楚又明白。兩個女學生聽得連連點頭，齊聲說：「大賢的言論不凡，見解不俗，婢子佩服。」

多九公站在一旁，心裡越想越不服氣：這兩人哪裡是來請教的，分明就是在刁難我！要不是唐兄出馬，幾乎就要出醜了。既然她們那麼可惡，我也要找幾條難題考考她們。不過這兩個丫頭既然要去赴那什麼觀

風盛會，平時一定相當用功，一般經書大概是難不倒她們的。聽說外國很少有人讀易經，不如就拿這書來考考她們？說不定就能把她們考倒了呢。

想到這裡，他開口問：「兩位才女識見過人，想必對易經也很有心得。不知道在所有為易經做註解的書籍中，究竟哪些寫得比較好？」

紫衣女子從容不迫的回答：「自從漢朝以來，講解易經的書籍，就婢子所知共有九十三家。至於其中優劣，婢子識見不足，不敢輕易議論，還請大賢指教。」

多九公心想：講解易經的書，就我聽過、見過的，最多有五、六十家，她居然說有九十三家。不過她只給了個數字，沒細論其中優劣，大概沒讀過這些書吧。哼，她大言不慚，以為隨口說說就能嚇倒我，我偏要讓她出醜。

主意既定，多九公故意說：「老夫所知道註解易經的書籍，大概有一百多家，沒想到這裡竟然有九十三家，也算是難得。那麼這些作者以及卷數，才女也都記得嗎？」

「是的。」紫衣女子笑了笑，將九十三家的作者與卷數，通通說了一遍，然後反問：「大賢說有一百多家，請問相較於婢子剛才說的還多了哪些？還請您告訴我們。」

當紫衣女子列舉書名、作者時，<u>多九公</u>已經一一與自己記憶中的相互對照，發現居然是絲毫不差；而其他那些不記得的，想必也不會是錯的。正在心急待會被反問時要怎麼回答才好時，竟然還真被指著鼻子追問了，頓時一陣驚惶失措，勉強說出：「老夫平日所見就是才女說的這些，其他的都因年邁善忘，印象早模糊不清了。」

然而紫衣女子沒那麼好打發，說：「書中內容或許大賢沒辦法記得清楚，婢子也不敢強人所難，但作者、卷數這麼簡單的問題，怎麼會記不得了呢？」

<u>多九公</u>已經見識到紫衣女子的好記性，害怕胡謅書名被揪出錯處會更加難堪，只好回答：「真的是記不清楚，絕對不是有意藏私。」

但紫衣女子不肯放過他，語氣越來越咄咄逼人，「您說有一百多家，現在只求大賢再說出七種，跟婢子說的湊成一百種。這事非常容易做到，難道還是不願指教嗎？」

<u>多九公</u>只急得抓耳搔腮，汗如雨下，不知該如何是好。

紅衣女子這時也開口了：「若是大賢七個湊不出，五個也是好的；五個說不出，那兩個也可以。」

紫衣女子接口說：「如果兩個說不出，那就說一

個；一個說不出，那就半個吧。」

紅衣女子笑著說：「請教姐姐，哪來的半個？只剩一半還算書嗎？」

紫衣女子回答：「我猜想大賢記性不好，或許記得作者，忘了卷數；又或許記得卷數，忘了作者，這不就是半個嗎？所以請大賢隨便選個說說吧。」

兩名女學生的冷言冷語、催促逼迫，教多九公急得滿面通紅，恨不得地板立刻裂出個大縫，好讓自己一頭鑽進去。別說他記得的書都被紫衣女子說過了，就算還有書沒被說過，這時他心裡焦急，要想也想不出來了。

盧老秀才坐在一旁看文章，因為耳朵不好，也就沒費心去聽他們在談論什麼。後來他瞥見多九公臉色紅一陣、白一陣，頭上還出了一堆汗，便殷勤的遞來一把扇子，說：「天朝大概天氣比較涼爽，今天來到這兒，耐不住炎熱，所以流了滿身汗。請大賢搧搧涼，等身體涼爽點後再談論學問吧。」

多九公心中感激，一邊接過扇子一邊說：「這裡天氣確實比較熱。」

盧老秀才又倒了兩杯茶，說：「這茶雖然不是很好，但裡頭加了一點燈心草，有解熱清心的功能，您

鏡花緣

喝了之後，就算身體受熱，有礙健康也無大礙了。倒是難得今天兩位大賢到訪，我卻耳朵重聽，沒有聆聽的福分，真是令人遺憾。兩位與她們細談，覺得她們是可造之才嗎？」

多九公連連點頭，說：「明年觀風盛會，她們一定會有好成績的。」

只是他才剛緩過幾口氣，紫衣女子又開始發問了，「既然您執意不肯告知書名、卷數，婢子也不苦苦相求了。但不知這一百多家裡，您認為哪家講解的最好？」

多九公定了定神，擠出腦袋裡所有學識，給了一個自認最完整的回答。沒想到紫衣女子卻「噗嗤」一聲笑了出來。

「聽您這麼說，似乎連書本都沒讀通，不過是人云亦云而已。」接著她竟然引經據典，狠狠批了多九公一通，最後還補一句：「總之，若是腳踏實地的用功做學問，議論自然有憑有據。若只是草草看過，不去深入思考，就只能被別人牽著鼻子走。您剛好就是這個毛病，還自以為才識豐富，一味說些誇大狂妄的話，未免太瞧不起人了！」

多九公聽了，滿臉是汗，走又走不得，坐又坐不

住，正當左右為難時，忽然聽見外頭有人在喊：「請問女學生要買胭脂水粉嗎？」那人一面說著，一面提著包袱走了進來——不是別人，正是林之洋。

多九公趁機站起來，說道：「林兄怎麼這時候才來？只怕大家在船上等得不耐煩了，我們趕緊回去吧。」隨後與唐敖一起辭別了盧老秀才。

盧老秀才一再挽留他們，林之洋因為走得口都渴了，正想休息，無奈唐、多執意要走，只得一道出了女學塾大門。

三人匆匆回到大街上。林之洋見他們兩人腳步快得像在逃難，臉色也黑得難看，不免興起一股好奇，「俺看你們這副慌張模樣，一定是遇上了什麼古怪的事情，快快說給俺聽吧。」

另兩人喘口氣、抹把汗，終於放慢了腳步。多九公把事情經過大致說了一遍，唐敖則一聲長嘆：「我從沒見過學識這麼淵博的才女！而且伶牙俐齒，能言善辯！」

多九公補充說：「學識淵博就算了，可恨的是她一再逼迫，毫不放鬆，把我大罵一頓。我活了八十多歲，卻是第一次受這種悶氣！回想起來，只能恨自己書讀得少，還不知天高地厚隨口跟人談論文章。」

「若不是舅兄前來相救，我們真的走不出那扇門了。」道謝後，唐敖又說：「不過舅兄為什麼也到那間女學塾去了？」

林之洋回答：「俺不是帶了胭脂水粉來賣嘛，誰知這裡的女人認為擦脂抹粉會讓人變醜，都不肯買，卻一直問俺有沒有帶書來賣。俺覺得奇怪，仔細打聽後，才知道這裡的貴賤差異，就在幾本書上。」

「怎麼說呢？」唐敖問。

林之洋解釋：「原來這裡的人，不論窮人還是富戶，都重視才學高的人，輕視不讀書的人。就連女子也要等到年紀大點，有了才女名聲後，才會有人上門求親；若是沒有學識，就算生在大戶人家，也沒人願意下聘迎娶。因此這國家不分男女，從小都要讀書。再加上明年他們國母要辦什麼盛會的，這些女子就更要買書了。俺聽了這話，知道這些胭脂水粉是賣不出去了，就想回船，因為剛好從女學塾門口經過，想說就進去碰碰運氣，哪知道竟撞見你們被兩個黑女狠狠教訓了。」

唐敖忍不住又嘆了口氣，「小弟約九公上岸來，原本是想看看這國家的人究竟生得多醜，誰知還沒看清他們的長相，就被他們看光我們肚子裡的醜陋了！」

多九公仍有些氣惱，「偏偏那盧老秀才是個重聽，不然拿他出出氣，也可讓自己好過一點。」

唐敖搖搖頭，完全不這麼認為。「據小弟看來，幸虧盧老秀才聽不清楚。他若聽得清楚，只怕我們更吃虧。你看學生都這樣厲害了，更何況是老師！世人只知考取功名的人肚裡有學問，哪曉得民間有許多被埋沒的博學之人，盧老秀才大概就是其中一個吧。」他想起另一件事，問：「那紫衣女子曾說『吳郡大老倚閭滿盈』，小弟左思右想，怎麼也想不出意思。不知九公可解得出箇中奧祕？」

多九公搖搖頭，「我也不知。林兄覺得呢？」

「這句話是在什麼情況下說的？」聽完多九公的敘述後，林之洋想了想，說：「既然這句話是因為討論反切而起，那答案就要從反切找了。」

多九公猛然醒悟，「哎呀，唐兄，我們被這女子罵了！按照反切的方式來讀，『吳郡』是個『問』字，『大老』是『道』字，『倚閭』是『於』，『滿盈』則是『盲』，她問我們反切，我們都說不知，所以她說：『這不是問道於盲＊嗎？』」

＊問道於盲：向瞎子問路。比喻向無知的人請教。

唐敖不禁搖頭嘆說：「今天受了這個恥笑，將來務必要學會韻學，才能安心。九公知道這韻學可以在哪兒學習嗎？」

　　多九公回答：「我聽說歧舌國的音韻最精，等到了那裡，若唐兄仍想學習，我一定奉陪到底。」

　　這時來到人潮稠密的地方。唐敖四下打量了一會兒，說：「剛才我因這裡的人膚色太黑，沒有留意他們的長相，現在一路看過來，才發現各個是美貌無比。而且無論男女，都是滿臉書卷秀氣，那種風流儒雅的樣子，倒像是從這種黑氣中自然散發出來的。現在回想那些滿面脂粉的人，反而覺得相當醜陋。如今我們處在眾人中，被這書卷秀氣四面一襯，更顯得自己面目可憎，俗氣逼人。與其被他們看著恥笑，還不如趁早走吧！」

　　於是三人加緊腳步往回走。只是一面走，一面看見黑齒國人舉手投足無不大方風雅，再看看自己，越覺得粗俗鄙陋，不堪入目。兩相對照，真是走也不好，不走也不好；快點不好，慢點也不好，不快不慢更不好；不知怎樣才好！三人最後只好抖擻精神，抬頭挺胸，緊跟著前面的人，裝作若無其事的樣子。

　　好不容易回到船上，林之洋開玩笑似的大喊一聲：「俺們快逃命吧！」隨即便揚帆啟航了。

第四章 碧梧嶺群獸大亂鬥

走了幾日，抵達靖人國。唐敖聽說這個國家的人身高不過八、九寸，忍不住邀多九公一起去看看。兩人來到城門口，那城門很矮，得彎腰才能進入，裡頭的街道更是狹窄，居然沒法兩人並肩同行。走到城裡，才看見靖人國的人民，各個身高不滿一尺，兒童更是只有四寸高。他們走路時，大概是怕被大鳥叼走，無論男女老少，都是三五個聚集在一起，手裡還拿著防身武器。

唐敖四下看了看，只說：「世上居然有這麼小的人，倒也少見。」遊覽片刻，遇見賣完貨物的林之洋，便一起回到船上。

過幾日，來到一個大國，隔著大老遠的距離，就可望見那座跟高山一樣雄偉壯觀的城池。原來是長人國到了。林之洋自然要去賣貨，唐敖和多九公一起上岸。

遠遠的看見幾個長人，唐敖悚然一驚，反射似的

回頭飛跑,「九公!這真是太嚇人了!以前見古書中說長人身高一、二十丈,我還笑作者寫得太誇張,哪知今天看到的,居然都有七、八丈高!光是腳面就高過我們的肚子,看著就覺得害怕!」

多九公為了安慰唐敖,一連說了幾個跟長人有關的笑話,這才逗得唐敖輕鬆一點。兩人回到船上不久,林之洋也回來了。他這一趟著實賺了不少,高興的擺開酒菜,邀唐敖一起痛痛快快喝幾杯。

林之洋笑道:「俺看這天下事,只要時機對了,什麼都有可能發生。平常俺跟妹夫喝酒存下來的空酒罈,還有以前留下來的舊罈子,因為丟了可惜,就隨手擱在船艙裡,哪知今天居然全都賣了出去。之前在靖人國,也是無意中賣了許多蠶繭。酒罈和蠶繭其實都不值錢,誰知被他們當成寶貝,讓俺賺了許多。」

唐敖問:「他們買這些蠶繭、酒罈,到底有什麼用處?」

林之洋還沒回答,就先笑了出來,「說到這個,妹

夫你絕對想不到！那靖人國的人天生手藝不佳，做不出精緻美觀的衣帽鞋襪。他們看那蠶繭織得不厚不薄，頗為精緻，只要從中間截成兩段，用些綾羅鑲上邊，活脫脫就是現成的瓜皮小帽，給孩子戴正好，所以都買了回去。而長人國的人買下酒罈的用意就更好笑了。原來他們都喜歡聞鼻煙，現在買下酒罈，稍微修飾修飾，結個纓絡、穗兒，再將煙末裝在裡面，不就變成一只絕好的鼻煙壺兒了嗎？」

說到這裡，又來了批買貨人，大夥足足忙了一日，傍晚時才得空開船。

再走幾日，就到了白民國交界。迎面而來的是一座萬分險峻的山峰，山上風景如畫，非常秀麗。唐敖欣賞著山勢美景，並向多九公詢問山的名字。

多九公回答：「這片山脈統稱麟鳳山，自東至西，綿延千餘里，是西海的第一大嶺。山嶺裡果木繁茂，鳥獸眾多，但山嶺東邊一隻鳥都看不到，西邊一隻走獸也找不著。」

唐敖不禁追問：「這是為什麼呢？」

多九公摸摸鬍子，開始講解：「因為在茂林深處住著一隻麒麟和一隻鳳凰。麒麟待在山的東邊，鳳凰守在山的西邊，所以山東有走獸無飛禽，山西有飛禽無

走獸，彷彿各有各的地盤。山的東邊稱為<u>麒麟山</u>，由於那裡長滿桂花，所以又名<u>丹桂巖</u>；西邊叫做<u>鳳凰山</u>，因為生有許多梧桐，所以又稱<u>碧梧嶺</u>。

「本來雙方相安無事，誰知<u>麒麟山</u>旁有座小山嶺，名叫<u>狻猊嶺</u>，上頭有頭名叫<u>狻猊</u>的惡獸，常帶許多怪獸去<u>麒麟山</u>騷擾；<u>鳳凰山</u>旁也有座小山嶺，名叫<u>鶓鵬嶺</u>，嶺上有隻惡鳥<u>鶓鵬</u>，常帶許多怪鳥到<u>鳳凰山</u>搗亂。」

聽到這裡，<u>唐敖</u>覺得很奇怪，「麒麟是走獸的主宰，鳳凰是飛禽的王者，難道<u>狻猊</u>、<u>鶓鵬</u>都不把牠們放在眼裡？」

<u>多九公</u>說：「<u>鶓鵬</u>是西方神鳥，<u>狻猊</u>則是陸上走獸中的王者，牠們不服麒麟、鳳凰的領導，一定要出來拚高下，也算有一分道理。」

這時，半空中突然連聲獸吼鳥鳴，吵吵鬧鬧。<u>唐敖</u>、<u>多九公</u>連忙步出船艙，只見無數大鳥，密密麻麻的飛向山中。

「看這情況，難道<u>鶓鵬</u>又來騷擾了？」<u>唐敖</u>仰頭觀望，提議：「我們何不上<u>鳳凰山</u>看熱鬧呢？」

<u>多九公</u>也想看禽鳥大戰，便通知<u>林之洋</u>把船停靠在山腳下，然後三人攜帶兵器，離開海船，往<u>鳳凰山</u>

鏡花緣

的深處走去。

走了許久，忽然一陣鳥鳴響起，那鳴唱婉轉嘹亮，十分動人，三人頓時覺得渾身神清氣爽。他們順著聲音望去，以為一定是鶴鷺之類以叫聲響亮出名的鳥兒，沒想到看了老半天，什麼影子也沒見著，只覺得叫聲越靠越近，竟比鶴鳴更為洪亮。

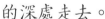多九公這下真的想不透了，「奇怪，明明聲音這麼響，怎麼會找不著？」

唐敖仔細聽了聲音傳來的方向，指向前方一棵大

樹，說：「九公，鳥叫聲好像是從那棵有群蒼蠅繞著飛的大樹發出來的。」

三人來到大樹附近更是覺得那叫聲大得嚇人，又朝樹上望了望，哪有什麼鳥兒啊。

突然林之洋抱住腦袋，一陣亂跳，胡亂叫嚷：「震死俺了！」另外二人都嚇了一跳，趕緊問他怎麼了。

林之洋搗著耳朵，好不容易才鎮定下來，「俺正在看大樹，忽然感覺有隻蒼蠅飛在耳邊，就用手將牠按住。誰知牠在俺耳邊大喊一聲，竟然像打雷一樣，把俺震得頭暈眼花。還好俺趁機把牠捉在了手裡。」這時，他緊握的拳頭中發出陣陣喊叫，聲音更是震耳欲聾。他趕緊把手亂搖，嚷嚷著：「俺將你搖到頭暈，俺將你搖到頭暈，看你還有沒有本事繼續叫！」

一陣亂搖後，那蒼蠅終於靜了下來。唐敖、多九公觀察周遭情況，發現那嘹亮的鳥叫聲還真是出自大樹旁那群蒼蠅似的小鳥口中。

鏡花緣

多九公「啊」的一聲，好像想到什麼，「我視力不好，看不清楚那鳥的顏色。林兄快看看那鳥兒是不是紅嘴綠毛，長得像鸚鵡？如果是，我就知道這是什麼鳥了。」

林之洋原本便想把小鳥帶回船上給大家瞧一瞧，擔心萬一不小心讓小鳥飛走，那就太可惜了，於是捲了一個紙筒，讓紙筒對著手縫，輕輕將小鳥放進去。

唐敖湊過去一看，果然是紅嘴綠毛，模樣像鸚鵡。「九公，這鳥長得確實跟你說的一樣。請問牠叫什麼名字？」

多九公說：「這鳥名叫細鳥。沒想到小小的體型，居然能發出這麼響亮的聲音，真是神奇！」看完後，林之洋又把細鳥牢牢捉回手中。

三人繼續往前走，越過山峰後，只見西邊山頭長滿梧桐，梧桐林裡立著一隻鳳凰，羽毛色彩斑斕，散放著晚霞般的耀目紅光，身長六尺，拖著丈餘長的尾巴，脖子像蛇一般細細長長，尖尖的鳥喙，一身美麗的花紋炫麗無比。牠的左右兩旁依次排列著許多大大小小、五顏六色的鳥禽。

東邊山頭的桂林中也有一隻大鳥，牠渾身碧綠，脖子修長，身長六尺，體型好似大雁，有著像老鼠一

樣纖細靈活的雙腳，身側圍著許多怪鳥，有三個腦袋六隻腳的，也有二對翅膀兩條尾巴的，奇形怪狀，令人目不暇給。

多九公說：「東邊這隻綠色的就是鶹鶒。大概是牠又來騷擾，所以鳳凰帶著其他鳥兒將牠攔住，接下來應該是場打鬥了。」

這時，鶹鶒連鳴兩聲，一隻鳥便從牠身旁飛了出來，那鳥的體型、顏色甚至長尾都神似鳳凰。牠躍到丹桂巖，抖擻翎毛，張開翅膀，伸展著長尾上下飛舞，一時之間色彩斑斕，非常華麗。剛好旁邊有塊磨得光滑的雲母石，就像一面大鏡子般正對著那隻鳥，於是一實體、一虛影彷彿空中共舞，繽紛色彩相互掩映，極其耀眼。

林之洋一聲讚嘆，「這鳥長得像鳳凰，只是體型小了一點，難不成是母鳳凰嗎？」

多九公搖搖頭，「牠叫山雞，最愛惜羽毛，常常待在水邊看著自己的倒影，不小心看暈了便落水而死。古人認為牠有鳳凰的美麗，卻沒有鳳凰的美德，稱牠為啞鳳。大概是鶹鶒覺得山雞相當漂亮，可以勝過鳳凰那邊的鳥，因此命令牠出場賣弄。」

突然間，西林飛出一隻孔雀，舒展兩隻翅膀，張

開長達七尺的長尾，朝著<u>丹桂巖</u>翩然起舞，不只金黃翠綠的羽毛炫迷人眼，長尾上的那些圓形花紋，一下子紅，一下子黃，竟變出無窮顏色。

山雞起初還勉強飛舞，後來見孔雀的長尾能變幻出五顏六色，一派華彩奪目，金碧輝煌，不禁自慚形穢，最後鳴了兩聲，竟對著雲母石一頭撞去，當場殞命。

<u>唐敖</u>見了這個情景，不由得一聲嘆息，「這隻山雞因為毛色比不上孔雀，居然情願一頭撞死。牠不過是隻鳥兒，個性卻如此剛強，寧可自盡也不願苟且偷生。反觀世人，明知道自己比不上別人，為什麼卻一點也不覺得慚愧，不知道要努力呢？這真是令人難以理解。」

<u>林之洋</u>倒是不以為然，「世人要是都像山雞一樣剛烈，那是要死多少人啊！在俺看來，只好將臉皮練得厚一點，日子也就馬馬虎虎混過去了。」

孔雀旗開得勝退回隊伍

後，<u>東林</u>又飛出一隻鳥，一身深青色的羽毛，尖尖的

嘴，黃色的腳，口中嘰嘰喳喳的鳴出各種聲音。但牠還沒叫上幾聲，西林也飛出一隻五色鳥，尖尖的嘴，短短的尾，展開翅膀，抖擻羽毛，嗓音嬌嬌滴滴，曲調悠揚婉轉，十分悅耳動聽。

唐敖說：「我聽說鳴鳥的毛有五種顏色，叫聲變化多端，彷彿各色樂器合奏，大概就是這隻鳥了。那隻綠色的又是什麼名字呢？」

多九公回答：「牠是反舌，又名百舌。月令裡記載『仲夏反舌無聲』，就是指這鳥。」

林之洋插嘴：「現在是仲夏，這隻反舌還真是與眾不同，竟然不照月令，只管亂叫了。」

突然東林無數鳥鳴，一隻怪鳥從中躍了出來。牠的體型如鵝，身高二丈，雙翼張開超過一丈寬，有九條長尾，十根脖子，卻只有九個頭。牠躍至山岡，鼓起翅膀，擺好姿勢，瞬間九個頭一起鳴叫。

多九公指著九頭鳥，說：「牠是鶬鴰，一身毛是倒著長的，性情非常凶惡。不知鳳凰要派誰出來應對？」

話才剛說完，西林便飛出一隻小鳥，白色的頸子，紅色的嘴，一身翠羽，對著鶬鴰「汪、汪、汪」叫了幾聲。鶬鴰一聽到這聲音，居然嚇得立刻騰空飛去。

林之洋不禁一聲噴笑，「這明明是隻天上飛的小

鳥，怎麼學起了狗叫？更可笑的是，枉費鶬鴣長得又高又大，不過聽見一聲狗叫，竟就嚇得逃之夭夭了！」

多九公邊笑邊解釋：「這小鳥名叫鴻鳥，又名天狗。鶬鴣原本有十個頭，不知何時被狗咬去了一個，那根脖子至今仍在流血。傳說被牠的血滴到的話將會招來不幸，不過只要令狗吠叫就可以把牠趕走。」

這時鶬鴣這邊又躍出一隻駝鳥，身高八尺，體型像是駱駝，墨綠顏色，翅膀一展，寬度超過一丈，撒開兩隻駝蹄，奔上山岡，連聲吼叫。鳳凰那邊也飛出一隻鳥，紅眼紅嘴，一身白毛，身高四尺，卻有條一丈二尺長、末端像根大勺子的尾巴。兩隻鳥便在山岡上，展開一場惡鬥。

唐敖看得興致高昂，連連點頭，「怪不得古人說：『駝鳥之卵，其大如甕。』原來成鳥的體型居然這麼高大！這隻尾巴上有根勺子的鳥，身高只有駝鳥的一半，卻上來跟牠對打，這不是自討苦吃嗎？」

多九公笑說：「這鳥名叫鸚勺。牠既然敢迎戰駝鳥，當然有牠的本事。」

只見還沒打個幾回合，鸚勺豎起長尾，一連幾勺甩過去，頓時打得駝鳥前竄後跳，狼狽低吼。東林緊接著又跳出一隻禿鶩，也是身高八尺，有著長長的頸

子綠色的身體，腦袋卻光禿禿的。西邊林內也跟著飛出一隻鳥，渾身碧綠，身高四尺，拖著一條一丈六尺長的豬尾巴，然後掄起豬尾巴，好像皮鞭一般，咻咻對著禿鷙一連抽了好幾下，沒有多久便將牠打得鮮血淋漓，吼叫連連。

　　這次多九公不等唐敖詢問就開始解說：「出來應戰的是跂踵，一條豬尾十分厲害，再英勇的鳥也敵牠不過。看來鶹鶹又要大敗而歸了。」

　　話還沒說完，只聽鶹鶹大叫幾聲，帶著無數怪鳥，奔至山岡；西林也有許多大鳥飛出，瞬間兩方鬥成一團。鸚勺掄起大勺，跂踵甩起豬尾，一起一落，將對手打得落花流水。正當雙方廝殺得難解難分時，東邊山上突然傳來一陣千軍萬馬之聲，在那片飛揚塵土、地動山搖之中，有東西正往這方向狂奔而來。眾鳥頓時驚得飛騰一空，鳳凰鶹鶹也都分頭逃竄。

　　眼看情況有異，唐敖三人趕忙躲進梧桐林深處，只探出一隻眼睛，小心翼翼往外偷看——原來是群野獸從東邊奔了過來。領頭的體型像是老虎，一身青毛，

爪子、牙齒都極其銳利，雙耳貼垂，鼻頭高昂，目光如電，聲吼如雷，又長又粗的尾巴上長滿細密絨毛。牠走到鳳凰先前待過的林子，吼了兩聲，許多渾身血跡的怪獸便跟著牠一起竄了進去。隨後一群也是血跡淋漓的怪獸趕來，一頭竄進剛才鶹鶹所待的林子，領頭的那隻怪獸渾身青黃，體型如鹿，尾巴像牛，四蹄似馬，頭上有根角。

唐敖問：「請教九公，這隻獨角怪獸應該就是麒麟，西邊那頭青色的可是狻猊？」

多九公點點頭，「正是狻猊。大概牠又來鬧事，所以麒麟帶著野獸們趕來防範。」

只見狻猊休息了一會兒，然後站起身叫了兩聲。一隻野豬立刻從旁邊竄出，走到狻猊面前，將頭送到牠嘴邊；狻猊嗅了一下，吼了一聲，嘴巴一張咬下豬頭，三兩口就將野豬吃進肚子裡。

「原來是狻猊肚子餓了，看來等牠吃飽，一場戰鬥就要開鑼了。」林之洋比手畫腳說得正起勁，想不到手中的細鳥竟在這緊要關頭大鳴大唱起來。他連忙將手亂搖，想重施故技搖暈細鳥，但是已經太遲了。

狻猊聽見聲音，揚起頭顱，往三人躲藏方向望了過來，接著大吼一聲，帶著許多野獸，一起衝向唐敖

三人。這陣勢無比驚人，嚇得唐敖三人趕緊轉身，撒腿狂奔。

多九公腦袋向來清楚，逃跑時不忘大聲提醒：「林兄！還不快放槍救命！」

跑得上氣不接下氣的林之洋扔了細鳥，朝野獸放了一槍。雖然打倒了兩隻，但追趕的野獸真的太多了，這一槍只更激發牠們的獸性，讓牠們追得更緊。

多九公再喊：「我的林兄！難道沒辦法放第二槍嗎！」

林之洋戰戰兢兢的又放了一槍，但這聲槍響好像火上澆油，野獸們更是撒開四足，加快速度。眼看逃不了，他不禁放聲大哭：「只顧看野獸搏鬥，哪知道猰㺄肚子餓了，要吃俺的肉！人都說秀才又窮又酸，猰㺄如果不喜歡吃酸的東西，九公和妹夫便可以躲過這場災難，只有俺是大難臨頭、離死不遠了！」

唐敖拚命往前跑，突然聽見身後一聲大吼，不禁回頭一看──猰㺄就在身後不遠的地方，這時竟將四足一蹬，朝他飛撲而來。他一陣慌張，叫聲：「不好！」無意間雙腳一蹬，就這麼躍上了空中。失去唐敖這個目標，野獸全都朝剩下的二人撲過去。多九公和林之洋連聲叫苦，左右亂跑，慌得跟無頭蒼蠅一樣。

就在這生死關頭，忽然山頂上「呱剌剌」一聲巨響，瞬間一道黑煙，比箭還急，直奔猰㺄；猰㺄雖然及時縱身避開，然而緊接著又是一聲巨響，猰㺄來不及閃避第二道黑煙，立刻被打倒在地。其他的野獸連忙趕來保護猰㺄，但「呱剌剌、呱剌剌、呱剌剌」滿山槍響不絕，四周硝煙瀰漫，有些野獸就此中槍斃命，剩下的亦是四散奔逃，一下子便失去了蹤影。而麒麟見情況不妙，早早就帶著部下逃走了。

眼看危機解除，<u>唐敖</u>一個跨步，落回地面。<u>林之洋</u>氣喘吁吁的跑過來，抱怨：「你吃過躡空草，可以跳上天空躲避，卻丟下了俺們！幸虧俺有槍神救命，不然只怕俺和<u>九公</u>都已經進了猰㺄肚子裡。」

<u>唐敖</u>滿懷內疚，「小弟原本要拉著你們一起竄高的，只是你們一東一西，距離遙遠，猰㺄又在小弟身後緊追不捨，所以才自己跳上天去。小弟真的不是有意拋下兩位。」

這時<u>多九公</u>也走了過來，說：「這陣連珠槍好厲害！若不是猰㺄被打倒了，這些野獸哪會散去。現在煙霧已經漸漸散開，我們趕緊去找那位放槍的人，跟他道個謝。」

說話間，山岡走下一個獵戶，身穿窄袖青衣，肩

上扛著鳥槍，生得眉清目秀，唇紅齒白，年紀差不多十四、五歲，雖是一副獵戶打扮，舉手投足卻十分文雅。

唐敖三人連忙上前，彎身行禮，說：「多謝壯士救命之恩！請教尊姓？何處人士？」

獵戶還了禮，說：「我姓魏，天朝人氏，因避難暫時寄居在這兒。請教三位老丈尊姓？來自何處？」

多九公、林之洋感念他的救命之恩，便老老實實說了姓名。

唐敖暗自想道：當年思溫兄精通連珠槍，聽說在敬業兄失敗後，他攜家帶眷逃往海外⋯⋯他會不會是思溫兄的兒子呢？

於是發問：「天朝曾有位姓魏，名思溫，是慣用連珠槍，聞名天下的英雄，壯士認識他嗎？」

獵戶回答：「這是先父。老丈怎麼會知道呢？」

唐敖大喜，說：「原來壯士是思溫兄的兒子！沒想到竟會在這裡相會！」他報上自己的姓名來歷，又說了當年結盟的事。

獵戶趕忙行禮，「原來是唐叔叔，姪女不知，還請恕罪！」

唐敖還禮，說：「快請起。不過你為什麼自稱是

『姪女』？」

獵戶解釋：「姪女名叫魏紫櫻……」

原來當年魏思溫帶著家人逃往海外，最後流落到麟鳳山。由於狻猊三不五時挑戰麒麟的地位，爭鬥時除了損害農田，免不了傷及附近居民。這裡雖有獵戶，但狻猊生性狡猾，他們想方設法也誅除不了，於是居民便聘請擅長連珠槍的魏思溫驅除野獸。

前年魏思溫去世，兒子魏武體弱多病，不能上山打野獸。幸虧女兒魏紫櫻得到連珠槍的真傳，便換穿男裝，繼承這份工作以奉養母親。這幾天由於野獸鬧得厲害，魏紫櫻便出來捉拿狻猊，沒想到就這麼湊巧的救了唐敖等人。

想起先前那生死一線的緊張局面，魏紫櫻不禁說：「剛才狻猊緊追在叔叔身後，姪女非常著急，但擔心不小心誤傷您，只好在一旁看著。還好叔叔竄到天上去，我才能趁空放了一槍；若再稍遲一步，只怕您性命難保。但若不是神靈保佑，凡人如何能竄到天上？叔叔真是吉人自有天相！我家就在前面，還請叔叔過去家中一看，順便休息一下，喝口涼茶壓壓驚。」

「多年沒見萬氏嫂嫂，今天在海外相遇，當然應該去拜見。」說到這裡，一陣失落襲上心頭，唐敖不

由得嘆口氣，「只是沒料到思溫兄已經去世，再也沒機會見面，真是令人心酸。」

　　三人於是跟隨魏紫櫻越過山頭前往魏家。沒多久，魏家到了，只見房屋周遭為了防備山中的野獸，設置了強弓弩箭，種種裝置不禁讓三人嘖嘖稱奇。來到客廳後，魏紫櫻入內請出萬氏及魏武，彼此又寒暄了一番。

　　魏紫櫻拿出魏思溫遺書，唐敖接過後拆開一看，上面寫的無非是些希望唐敖顧念當年結義之情，代為照應妻子、兒女的話。

　　萬氏在一旁說：「自從丈夫去世，原本想攜了遺書，帶著兒女前去投奔您。只是由於本地鄉親懼怕野

獸，再三挽留；再加上不清楚朝廷是否還在緝捕餘黨，所以不敢前往。幸虧今天您來到這裡，還請您看在結義的情分上，幫助我們返回家鄉，亡夫在九泉之下也會感激您的恩情。」

「嫂嫂不用擔心，相隔十多年，朝廷早鬆懈了緝捕之事；更何況今日姪女還救了我們一命，這份大恩大德，我們怎麼會忘記呢。」唐敖承諾：「等日後小弟返回中原時，一定會來帶嫂嫂以及姪兒、姪女一同回故鄉，您儘管放心吧！」

他問了魏家的日常生活開銷，得知這裡的居民為了感謝魏家父女驅除野獸的恩德，提供十分豐厚的報酬，這才放心。接著他將身上帶著的散碎銀子全都送給魏紫櫻，又到魏思溫靈前拈香下拜一番，才辭別了魏紫櫻等人。

後來魏家藉著唐敖留下的一封書信，與東口山的駱家取得聯絡。當駱紅蕖等不到唐敖，決定先行返回天朝時，魏家便跟著一起出發了。

第五章　白民國金玉其外

　　離開麟鳳山的第二天，白民國就到了。林之洋帶了許多綢緞、海菜下船販賣，唐敖得知多九公之前一直沒有機會踏上白民國，便極力邀請他一起去遊玩。

　　上岸後，兩人走了一段路，只見到處是泛著一抹白的土壤，遠方有幾座小山，土質都屬於白色礬石。田中種著蕎麥，遍地開滿白花；雖有幾個農人正在耕田，但因距離太遠，看不清他們的長相，只有那一身白衣極為醒目。

　　進了都城，走過銀橋後，道路兩旁的房舍、店面接連不斷，刷白的高牆看上去十分氣派。店鋪裡，綢緞綾羅，堆積如山，衣冠鞋襪，擺列無數，各色吃食，應有盡有。而白民國人無論老少，各個是脣紅齒白，彎眉秀目，非常美貌，再加上那一襲薰香過的白衣，搭配精緻的飾品、荷包或摺扇，更顯得氣韻動人。

　　唐敖走在路上，嗅著香風，不禁連聲讚嘆：「這樣的美貌，配上精心打理的穿戴，實在是儀表堂堂，氣

質不俗！海外各國人物，大概就屬白民國人最為出色了。」

遊覽之間，正好林之洋從前面的綢緞店走了出來。多九公迎上前去，問：「林兄賣貨可得了個好價錢？」

林之洋笑容滿面的回答：「託二位的福，俺今天賣了許多貨物，利潤也不錯。等等一定要準備一桌好菜宴請各位。現在還剩下幾件腰巾、荷包之類的小東西，要找個大戶人家賣去。不如俺們一同走走？」

於是三人朝一戶看起來頗為富貴的人家走去。來到門前，剛好一個長相俊俏的年輕人從裡面走出，聽林之洋說明來意後，客氣的請他們進屋。

三人才跨過門檻，唐敖突然看見門旁貼著一張白紙，大大的寫著「學塾」兩個字，不禁一驚，失聲大叫：「九公！這是所學塾！」

多九公想起在黑齒國的遭遇，慌得想奪門而出，可是那年輕人已經到裡頭報信去了，只得硬起頭皮往前走。

唐敖心裡同樣忐忑不安，低聲向多九公說：「看這裡的人模樣生得那

麼好，八成也是天姿聰穎，博覽群書。我們必須比在黑齒國時更加留神才是。」

粗線條的林之洋倒是不以為意，「何必留神呢。據俺看來，不管他問什麼，都回他一句『不知道』不就得了嘛。」

三人進入廳堂，只見書架上排滿典籍，牆上掛滿書畫，廳堂正中懸著一塊匾額，上面寫著「學海文林」，兩旁有一副對聯，寫的是：研六經以訓世，括萬妙而為師。

至於學塾的先生，容貌端整秀麗，戴著玳瑁眼鏡，約莫四十多歲。兩旁還有四、五個二十歲上下的學生，相貌、氣質無不超凡脫俗。

唐敖、多九公見了這樣子的排場，不由得放輕腳步，摒住呼吸，因為不敢冒昧行禮，只好站在一旁等候。那名先生坐在廳中，把三人從頭到腳看了看，然後對唐敖招招手，說：「來，來，來！那個書生過來！」

唐敖沒想到自己的身分會被識破，嚇得連忙走上前，彎身行個大禮，說：「晚生不是書生，是商人。」

先生說：「我只問你，你是何方人氏？」

唐敖又行了個禮，回答：「晚生是天朝人氏，今天

因販賣貨物，才會來到這兒。」

先生笑著說：「你頭戴儒巾＊，生於天朝，為什麼還說自己不是書生？難不成是怕我考你？」

唐敖只覺得背上沁出了冷汗，趕緊找藉口想糊弄過去：「晚生小時候雖然讀過書，但出外經商多年，早就已經忘光了。」

先生又問：「話雖如此，作詩的方法大概是忘不了的吧？」

聽到要作詩，唐敖心底暗叫糟糕，忙說：「晚生從小就不曾讀過詩，更別提作詩了。」

先生毫不放過他，逼問：「難道你生在天朝，卻連詩也不會作？絕對沒有這種道理。你快點從實招來！」

唐敖越來越覺得大難臨頭，死命推辭：「晚生確實不會作詩，怎麼敢欺瞞先生呢！」

先生終於沉下了臉，微怒的說：「你既然不懂詩文，為什麼頭戴儒巾，冒充我們讀書人？你是想借此招搖撞騙，還是想謀求個教職？我看，你是想當老師想昏頭了！算了，我就出題考考你，你如果答得好，我就推薦你去當老師。」說罷，竟取出一本詩韻，翻了起來。

真是怕什麼、來什麼，唐敖直覺自己就要當場出

醜了，慌忙說：「要是晚生對詩文稍微有所了解，怎麼會這樣一再推託，不識抬舉！先生可以問問晚生的兩位伙伴，就知道晚生並不是有意推辭。」

先生覺得有道理，便問多九公、林之洋：「這個人真的不懂詩文嗎？」

心直口快的林之洋一句話就揭了唐敖的底，「他從小讀書，還曾中過探花，怎麼會不懂詩文！」

唐敖懊惱得在心裡捶胸頓足，暗罵：舅兄要害死我了！

不過林之洋接著又說：「俺老實對先生說吧。詩文嘛，他懂是懂，只是得了功名以後，就將從前讀的什麼左傳*、右傳、公羊*、母羊，還有平日作的打油詩、放屁詩，零零碎碎，全都拋到了九霄雲外。你考

＊儒巾：古代讀書人所戴的頭巾。

＊左傳：書名。春秋三傳之一，相傳是春秋左丘明所撰。

＊公羊：書名。春秋三傳之一，戰國公羊高所撰。

他法條案例、算盤帳務，這些倒是熟悉的。」

先生失望的一聲輕嘆，又問：「那你和那個老先生會作詩嗎？」

多九公悚然一驚，連忙彎身行了個禮，回答：「我們二人以經商為業，從沒讀過書，哪來本領作詩。」

「原來你們都是俗人。」先生又是一聲嘆息，說：「要是可以在這裡住個兩年，我倒可以撥時間指點你們。不是我誇口，我的學問，只要你們稍微學到一些，就足夠受用終身，日後回到家鄉，時時繼續學習，等有了文名，不但近處朋友都要來拜訪，只怕還有朋友『自遠方來』哩。」

林之洋隨口接了一句：「據俺看來，豈只『自遠方來』，恐怕心裡更要『樂乎』哩。」

「有朋自遠方來，不亦樂乎」出自論語，描述有好友自遠方來，一起探討學問的快樂。誰知這麼平常的一句話，先生聽了竟吃驚的站起來，用汗巾將玳瑁眼鏡擦一擦，戴回臉上，望著林之洋上上下下打量一番，才說：「你既然曉得『樂乎』這個典故，明明就是個讀書人，為什麼要故意騙我？」

林之洋老實的說：「這是俺無意間猜中的，至於什麼出處、典故，俺確實不知道。」

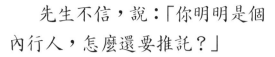

先生不信，說：「你明明是個內行人，怎麼還要推託？」

林之洋覺得有些煩，乾脆發誓：「俺如果騙你，就教俺下輩子變成一個老秀才，十歲就開始讀書，一直熬到九十歲，一輩子都活在考試地獄裡。」

先生終於被說服，坐回原位，無精打采的說：「既然你們不懂詩文，也不讀書，那就到廳外去，等我講授完這一堂課再來看貨。你們繼續站在這裡，要是將這股俗氣傳染給學生，我可是要花上大把力氣，才能讓他們『脫俗』哩。」

唐敖等人如獲大赦，慢慢退到廳外。雖然危機已經解除，唐敖心裡仍是撲通亂跳，唯恐先生待會兒又要找他談文論詩，實在想跟多九公先走一步，但礙於禮儀，他不得不硬撐著待在原地。

這時，廳內傳來琅琅的讀書聲，仔細一聽，反反覆覆只有兩句話：「切吾切，以反人之切。」「羊者，良也；交者，孝也；予者，身也。」

唐敖不禁輕聲對多九公說：「幸虧今日沒跟他談論

文章！聽他們朗誦的文句，不但從沒聽過，含意應該也很深奧，不然怎麼會就只念這兩句？只可惜我等資質愚笨，沒辦法領略箇中含意。古人說：『不經一事，不長一智。』若不是有黑齒國的遭遇，今日少不得要吃虧了。」

話才剛說完，有個學生走出廳堂，對他們招招手，「先生要看貨了。」

林之洋連忙提著包袱走進去，唐敖則趁著空檔，悄悄走進學塾，把學生的書仔細看過一遍，又翻了兩篇文稿才退了出來。

多九公審視唐敖的表情，不禁疑惑，「他們書上是寫了什麼，怎麼唐兄滿臉通紅？」

唐敖才要回答，剛好林之洋談完了生意，三人便一起離開。隨後不等待多九公追問，他懊惱的說：「今日這個虧吃得不小！我以為他學問淵博，所以態度恭敬，答話時全都自稱晚生。哪知他的學問居然如此不通！當真是聞所未聞，見所未見！」

這下多九公可好奇了，「他們讀的『切吾切，以反人之切』是出自哪本書？」

唐敖哼了一聲，說：「是孟子裡的『幼吾幼，以及人之幼』。居然把『幼』認成『切』，『及』誤以為是

『反』，你說奇不奇怪？」

多九公摸摸鬍子，笑說：「那另外一句『羊者，良也；交者，孝也；予者，身也』又是出自哪裡？」

唐敖氣呼呼的回答：「是孟子的『庠者，養也；校者，教也；序者，射也』，剛好每個字都只認得半邊。我還稍微翻了兩篇文稿，內容是講破題*的。我記得有個題目是『聞其聲，不忍食其肉*』，他破題的是『聞其聲焉，所以不忍食其肉也。』」

林之洋點點頭，說：「這個學生作破題，俺不佩服別的，就佩服他記性好。」

「怎麼說呢？」多九公問。

林之洋的回答很認真，「先生出的題目，他居然一字不漏，整個題目都寫出來了，這記性難道還不好嗎？」

經多九公、林之洋兩人這樣一搭一唱，唐敖總算不再那麼生氣。「還有一個題目：『百畝之田，勿奪其時，八口之家，可以無饑矣*。』他破的是：『一頃之壤，能致力焉，則四雙人丁，庶幾有飯吃矣*。』」

林之洋點點頭，板起臉，嚴肅的說：「嗯，俺只喜歡他用『四雙』二字，把那個『八』字扣得緊緊，絕對不能換成七口、九口。」

這下子唐敖終於笑了，還有心情調侃自己：「這麼沒有學問的人，我還在他面前口口聲聲自稱『晚生』，真是丟臉丟到家了。」

　　「這又有什麼關係。」林之洋擺擺手，一副早把這奇恥大辱當作耳邊風的模樣。「若他是早晨生的，你是晚上生的，或是他早生幾年，你晚生幾年，不都算是『晚生』嘛。依俺看來，今日儘管吃了點虧，但一來沒被拷問，二來沒急得滿頭大汗，比起在黑齒國的時候，也算是體面了。」說笑間，三人已經回到船上，由林之洋作東，眾人痛飲一番，然後各自睡下。

＊破題：創作詩文的一種方法。開頭時就點出題旨，之後再加以說明。

＊聞其聲二句：出自孟子梁惠王上。意思是聽見牠的哀鳴，就不忍心吃牠的肉。

＊百畝之田四句：出自孟子梁惠王上。意思是每個家庭配給一百畝田，不要用徭役奪取他們耕作的時間，八口人的家庭，就可以不用挨餓了。

＊一頃之壤四句：一頃大小的土地，努力的好好耕種，那麼四倍成對的人口，幾乎都有飯吃了。

第六章 淑士國酸氣沖天

　　這天是順風，船行的速度很快。唐敖和林之洋正在看多九公指點水手們推舵時，忽然前面出現萬道青氣，直衝雲霄，似煙非煙的一片朦朧中，隱隱透著一座城池。在詢問過多九公後，才知是到了淑士國。

　　慢慢的，船離海岸越來越近，只見岸上種植了各式各樣的梅樹，每一株都有數十丈高，整個淑士國看起來就像被億萬棵梅樹包圍在其中。由於擔心唐敖在船上待久了會覺得厭煩，雖然淑士國不太與外地人做生意，林之洋還是吩咐水手們停船，再隨手抓了個包袱，裝滿毛筆、墨條，又約了多九公，三人一起下了船。

　　到了岸上，穿過梅林時，只覺得一股酸氣拼命往腦袋裡鑽。三人實在受不了這股味道，只好摀住鼻子，悶頭往前走。梅林過後，放眼望去，到處是用來做酸菜的薑菜田，農夫都是儒生打扮。又走了許久，才終於望見城門，只見城門石壁上刻著一副金字對聯：欲

高門第須為善，要好兒孫必讀書。

多九公摸摸鬍子，搖頭晃腦的評論：「為善者，淑也；讀書者，士也。這對聯確實是淑士國最好的招牌，難怪會用斗大金字刻在城牆上。」

只是招牌雖好，把守城門的官兵態度卻很不客氣，對唐敖三人又是盤問又是搜身的，把林之洋氣得要命，只恨自己沒有吃那躡空草，不能兩腳一蹬，飛過城門，給那些拿著雞毛當令箭的官兵一點顏色瞧瞧。

好不容易進了城，三人來到大街，四處一看，發現這裡的人無不頭戴儒巾，一襲青衫或藍衫，就連那些做買賣的，也都是儒生打扮，斯斯文文的，毫無商賈之氣。所賣的物品，不是家常日用品，就是青梅、薑菜，少部分則是筆墨紙硯、眼鏡牙杖；另外就是一些書坊、酒肆，販賣珠寶、首飾等奢侈品的店家竟一間也沒有。

走過熱鬧市集，沿途路過的人家盡是一片書聲琅琅，其中一家門口貼著一張紅紙，上面寫著「經書文館」四字，裡面書聲震耳。林之洋拍拍包袱，說道：

「俺要進去發個利市，二位可願意一同進去？」

唐敖苦笑著搖搖手，說：「舅兄饒了我吧！我還想留著幾個『晚生』慢慢用哩！之前在白民國賤賣了幾個，到現在還覺得委屈。」

林之洋忍不住好奇，「當日你若在那兩個黑女面前自稱晚生，心中可會委屈？」

唐敖認真回答：「俗話說：『學問無大小，能者為尊。』那兩位才女學問高，我還有許多東西想要求教，怎麼不是晚生呢？年齡大小又算得了什麼？若是無知的人，比如白民國的那個學塾先生，就算他在我面前自稱晚生，我還不想理會他哩。」

「你這話確實有道理。」林之洋點點頭，「好吧，既然你們不想進去，那就在附近走走，俺去去就來。」說完，他便扛著包袱走了進去。

唐敖、多九公繼續散步，只見家家戶戶門口都豎著金字匾額，有的寫著「賢良方正」，有的寫著「孝悌力田」，還有「聰明正直」、「好善不倦」等等，也有許多二字匾額，分別寫著「體仁」、「好義」、「循禮」、「篤信」等詞語，匾額上都標有姓名、年月。

二人覺得有趣，往前走了幾步，忽然看見兩家門口豎著黑色匾額，一塊寫著「改過自新」，另一塊寫著

「回心向善」，上面也有標記著姓名、年月。

唐敖指指黑色匾額，說：「九公，你看那兩塊匾額是怎麼回事？」

「看起來這人必定是做了什麼壞事，才被豎起這種招牌。」多九公頓了頓，又說：「不過一路走來，金字匾額多得數不清，黑匾額卻只有這麼兩塊，可見這裡向善的多，違法的少，真不愧『淑士』二字。」

遊覽許久後，林之洋終於提著空包袱，笑嘻嘻的趕上二人。三人這時覺得嘴裡有些渴了，便決定到酒樓喝個幾杯，順便問問淑士國的人文風俗。

三人在酒樓樓下找個空桌，一個酒保走了過來，也是儒巾文人打扮，鼻梁上戴著眼鏡，手裡拿著折扇，一派斯文。他向三人一笑，問：「三位先生光顧者，莫非飲酒乎？抑用菜乎？敢請明以教我。」

林之洋沒讀過幾本書，一聽他咬文嚼字，馬上就有點不大舒服，說：「俺性子最急，沒有耐性聽你一句一個者啊、乎啊，這裡有什麼酒菜，儘管通通拿來！」

酒保仍是一臉笑，不疾不徐的又問：「請教先生，酒要一壺乎，兩壺乎？菜要一碟乎，兩碟乎？」

林之洋把手朝桌上一拍，怒喊：「什麼乎不乎的！你拿來就是了！」

酒保嚇得連忙說：「馬上就來！」立即取來了一壺酒、一碟青梅、一碟虀菜及三個酒杯。

　　林之洋向來喜歡喝酒，看到好酒上了桌，立刻心花朵朵開，朝著二人說聲：「請了！」然後舉起杯一飲而盡。誰知酒漿才剛入喉，他便忍不住緊皺雙眉，口水直流，捧著酸軟的下巴大喊：「酒保，你弄錯了！你拿來的是醋啊！」

　　旁邊座位上有位身穿儒服的駝背老者，坐在那裡自斟自飲，一副自得其樂的樣子。聽林之洋說酒保誤把酒拿成了醋，他連連搖手，打岔說：「吾兄既已飲矣，豈可言乎，你若言者，累及我也。我甚怕哉，故爾懇焉。兄耶，兄耶！切莫語之*！」

　　唐敖、多九公聽見這麼不倫不類的說法，不禁起了一身雞皮疙瘩，暗自笑個不停。

---

*吾兄既已飲矣九句：意思是你既然已經喝了，怎麼可以這麼說，你如果這麼說，就連累我了。我很害怕，所以請求你。大哥，大哥啊！千萬不要說這樣子的話！

林之洋有點惱怒，卻也有點好奇，便問：「又是一個愛咬文嚼字的！俺埋怨酒保拿醋當酒，跟你有什麼關係？為什麼會連累你？」

　　老者搖頭晃腦，囉囉嗦嗦的又是一段話：「先生聽者：今以酒醋論之，酒價賤之，醋價貴之。因何賤之？為甚貴之？其所分之，在其味之。酒味淡之，故而賤之；醋味厚之，所以貴之。人皆買之，誰不知之。他今錯之，必無心之。先生得之，樂何如之！第既飲之，不該言之。不獨言之，而謂誤之。他若聞之，豈無語之？苟如語之，價必增之。先生增之，乃自討之；你自增之，誰來管之。但你飲之，即我飲之；飲既類之，增應同之。向你討之，必我討之；你既增之，我安免之？苟亦增之，豈非累之？既要累之，你替與之。你不與之，他安肯之？既不肯之，必尋我之。我縱辯之，他豈聽之？他不聽之，勢必鬧之。倘鬧急之，我惟跑之；跑之，跑之，看你怎麼了之＊！」

　　老者的一篇之字文讓唐敖、多九公除了發笑，也沒辦法有別的反應了。

　　林之洋皺皺眉，說：「你用了這麼多『之』字，盡是一派酸＊文，句句冒犯著俺的名字，把俺的名字也弄酸了。隨便你講，反正俺也聽不懂。只是俺口中的

鏡花緣

這股酸氣該怎麼辦啊！」他朝桌上望去，只有兩碟青梅、薑菜，更覺得嘴裡發酸，於是大聲叫：「酒保！再多拿兩樣下酒菜來！」

酒保喊了一聲，取來四個碟子放在桌上：一碟鹽豆，一碟青豆，一碟豆芽，一碟豆瓣。

林之洋意興闌珊的嘆口氣，「這幾樣俺吃不慣，再添幾樣來。」

酒保便又添了四樣菜：一碟豆腐乾，一碟豆腐皮，一碟醬豆腐，一碟糟豆腐。

林之洋臉色更加難看，還想再叫點別的時，多九公悄悄制止他，然後問酒保：「你這兒有什麼好酒？」

酒保回答：「是酒也，有三等之分焉：上等者，其味醲；次等者，其味淡；下等者，又其淡也。先生問之，得無喜其淡者乎？」

唐敖回答：「我們酒量小，吃不慣醲的，你換一壺淡的來。」

酒保立刻換了酒。三人嘗了嘗，覺得雖然稍微酸

了點，但還算可以入口，便靜下來一邊喝酒吃菜，一邊隨口閒聊。

這時，從外面走進一個老者，舉手投足十分文雅。他也在樓下挑好座位坐了，吩咐道：「酒保，取半壺淡酒，一碟鹽豆來。」

唐敖見他氣質不俗，向前施禮，報上姓名、來歷後，便問：「請教老丈，貴國為什麼無論士農工商都是文人打扮，就連士兵也是如此？難道貴國沒有貴賤之別嗎？」

老者回答：「我們國家上自王公大臣，下至尋常百姓，一向都是儒服儒巾，只有在顏色上有所差異，其中以黃色最尊貴，紅色、紫色的其次，藍色的又其次，青色的最末等。身穿儒衣是因為我們最重視教育，一般百姓都是從小讀書，長大後參加考試，各憑本事博得一領青衫甚至藍衫，此後想繼續讀書，或是從事農

鏡花緣

工商等都可以。沒參加考試的則稱為『遊民』，只能從事最低賤的工作，所以往往遭人恥笑。」

　　唐敖想了想，又問：「貴國如何能讓各個百姓都通曉文章呢？」

　　老者回答：「考試並不只有詞章詩賦而已。不管是經史子集、詩文策論、音樂書畫或醫卜曆算，只要精通其中一種，就可取得儒巾青衫。但若要更上一層取得藍衫，就得通曉文章才行。這也就是國王立國時，在國門寫下對聯『要好兒孫必讀書』的用意了。」

　　唐敖點點頭，靜心思考老者的話，多九公接口問：「請教老丈，剛才在街上看見許多人家門口立有金色匾額，想必是當事人聲譽良好，才能得到國王賜匾表揚。但其中有一、二戶人家門口立的是黑色匾額，上面寫著『改過自新』之類的詞語，這有什麼特殊含意嗎？」

老者又答：「這是表示那人偶然犯了些小罪，因此國王命人豎立黑色匾額，勉勵他改過自新。如果再犯，就要加重治罪；但若能夠痛改前非，努力行善，經查明屬實後就可除去黑匾。幸運的是，由於本國讀書的人很多，書本能變化氣質，遵循古聖先賢的教誨，那為非作歹的人便少了。」

四人聊著聊著，不知不覺連飲數壺淡酒。老者也問了天朝的情況，讚美不絕。後來老者認為已經喝夠酒了，便先走一步；唐敖見天色不早，也付清酒帳，偕同多、林二人起身離開酒樓。

回到大街，只見許多人圍著一個年輕女子指指點點。那女子生得極其秀美，卻滿臉淚痕，哭得十分悽慘。唐敖動了惻隱之心，便找個路人詢問女子哭泣的原因。

原來那女子是個宮女，隨著公主出嫁，進了駙馬府伺候。前天不知怎麼的惹惱了駙馬，竟被逐出駙馬府，要轉賣給他人。只是雖然售價便宜，但淑士國人向來吝嗇，再加上掌有兵權的駙馬殺人有如兒戲，所以沒人想買她回家惹禍上身。至於女子的家屬，因為駙馬下令不准他們領回女子，如果違背命令就要治罪，也只好硬起心腸袖手旁觀。那女子站在鬧市，一連三

鏡花緣

天被人這樣品頭論足、說三道四，早已羞憤得自殺數次，卻總是被救了回來。

唐敖很同情女子，便出錢買下她，想說先救人一命，再慢慢規劃她的出路。回到船上，仔細詢問女子姓名來歷後，才知她之所以淪落至此，全是丈夫辜負了她的苦心。

女子——不，現在該稱她為司徒斌兒了——滴著眼淚，說：「婢子的丈夫姓徐，名承志，祖籍天朝，前年投入駙馬麾下。駙馬喜歡他的驍勇善戰，為了籠絡他，就將婢子許配給他，但又疑心他是外國派來的奸細，所以暫緩了婚期。婢子心想，他從天朝千里迢迢來到這裡，如果不是為了避難，一定有別的原因，於是去年冬天，趁他隨駙馬上朝時，婢子悄悄進到他的廂房，搜出一封血書、一道檄文，才曉得他是天朝英國公的獨子。

「婢子認為，駙馬個性凶殘，遲早會闖出大禍，連累夫君，又想他是忠良的後代，不應在這兒喪命，所以今年春天婢子偷偷到他房裡，勸他早早回鄉，繼承父親遺志，又在前天冒險盜出令旗一

枝，希望讓他可以平安出城——沒想到他兩次都告發了婢子。春天那次，府裡所有人都知道婢子被一番毒打，險些喪命，他竟然不聞不問；這次他又全盤托出令旗一事，顯然是鐵了心要陷害婢子。婢子的丈夫……怎麼會是這種沒心沒肺的人呢？」司徒斌兒不禁撲倒在地，嚎啕大哭。

唐敖卻是聽得又驚又喜，心想：姓徐，來自天朝……英國公的獨子，又有血書、檄文，徐承志一定是敬業兄的兒子沒錯。

於是他極力安撫司徒斌兒，表明徐承志是自己的子姪輩，還打包票說要幫她主持公道，隨即約了多九公、林之洋來到駙馬府，費了許多功夫，才成功將徐承志找了出來。

徐承志上下打量唐敖一會兒，只說：「這裡不是談話的地方。」帶著三人走進一處茶館，選了間偏僻的包廂，確定四周沒有其他人後，他趕忙俯身對唐敖行禮問候：「伯伯是哪天到的？今天能與您相逢，小姪真是作夢也想不到。」

唐敖還禮，介紹了多九公、林之洋，接著問起徐承志投奔到淑士國的經過。

徐承志回答：「自父親遇難後，由於各地緝捕得十

分嚴密，小姪只好獨自逃到海外，就這麼流浪了好幾年，為了生活，連僕人、雜役都當過。前年投軍到這裡，雖然生活比當僕人時稍微好些，卻仍是度日如年。」

唐敖故意又問：「賢姪今年二十多歲了，可曾娶妻？」

徐承志一聽，竟然落下淚來，說：「小姪這輩子是不會娶妻了。」面對唐敖的追問，他一臉哀戚，最後嘆口氣，一五一十的交代了前因後果。

原來徐承志由於忌憚駙馬個性多疑，日常生活相當謹慎，深怕有個小錯便會招來殺身之禍。

知道駙馬為了招攬他，要將司徒斌兒許配給他時，他害怕她是奉駙馬之命來監視自己，便更加謹慎小心，一句話都不敢隨便說出口。

今年春天，司徒斌兒突然來找他，再三勸他趕緊逃走。他仔細想了一夜，又和親信討論半天，在「這絕對是駙馬在試探你對他忠不忠心」的結論下，老實將這件事稟報了駙馬。後來聽說司徒斌兒被毒打了一頓，他不太放心，雖然試圖私底下打聽，卻無法得

知消息是真是假。前幾天，<u>司徒斌兒</u>又來勸他逃走，他思索一夜，終於還是在親信的勸說下，將這事稟明駙馬。想不到<u>司徒斌兒</u>竟因此再被毒打，然後賣出駙馬府，他這才明白<u>司徒斌兒</u>對自己是一片好意，也深深懊悔自己居然辜負了她。

「今天稍早時聽說她被外地人買去了，人海如此茫茫，我們今生恐怕再也無法相遇。所謂『生我者父母，知我者<u>斌兒</u>』，我堂堂七尺男兒，竟做出這種恩將仇報的事情，只好終身不娶，以報答她對我的恩情了。」

聽到這裡，確認<u>徐承志</u>不是有意當個負心漢子後，<u>唐敖</u>總算開口：「幸運的是，你妻子現在安然無恙。她人就在我這兒。」他簡短說明事情始末，接著詢問有沒有出城的方法。

<u>徐承志</u>為難的回答：「這裡的盤查相當嚴密，官員、差役沒有令旗是無法私自出城的。姪兒當了將近三年的軍官，城門的官差沒有不認得姪兒的，姪兒又一時發昏，將<u>斌兒</u>費盡心機才盜出的令旗交了回去，現在實在想不出不引人注目的出城方法。」

<u>林之洋</u>插口說：「俺倒有個主意。趁著夜晚，妹夫背著<u>徐</u>公子，將身子一縱，越過城牆，如此一來，人

不知，鬼不覺，既簡便，又爽快，不就萬無一失了麼。」

唐敖想了想，說：「背人是容易，只是我擔心城牆如果太高，恐怕也很難跳上去。」

多九公說：「如果我的記憶沒錯，這裡的城牆內外兩側都是大樹，如果城牆太高，唐兄可以先跳到樹上，再越過城牆，這樣不就成了？」

唐敖點點頭，「不過這事必須等天色暗一點才能做。不如賢姪先帶我們去探個路，晚上時才方便行動。」

徐承志好奇的問：「不知伯伯是如何學到這麼厲害的本領的？」唐敖便告訴他關於躡空草的事，然後付了茶錢，出了茶館。徐承志抄小路將唐敖等人悄悄帶到一處較偏僻的城牆下。唐敖看城牆只有四、五丈高，四周又人跡稀少，馬上就覺得晚上的行動應該是沒有問題了。

這時林之洋提議：「如今這裡無人，牆又不高，妹

鏡花緣

夫不如就趁機和<u>徐</u>公子演練一下，免得晚上四處黑壓壓一片，兩個人手忙腳亂。」

「舅兄這話對極了。」<u>唐敖</u>背起<u>徐承志</u>，將身子一縱，輕飄飄的躍上了城頭。前後左右觀察後，發現除了梅樹，城外竟一個人也沒有，便問<u>徐承志</u>：「你有重要的東西放在住處嗎？如果沒有，不如我們就趁這個機會出城。」

<u>徐承志</u>趕緊回答：「自從前年被人撬開房門，小姪擔心血書遺失，從此隨身攜帶，現在沒有重要的東西留在房裡，就求伯伯快點走吧。」

<u>唐敖</u>朝<u>多九公</u>、<u>林之洋</u>招招手，二人明白他的意思，立刻往城門的方向走去。<u>唐敖</u>跳下城，等<u>多九公</u>、<u>林之洋</u>趕上二人後，立即返回船上，離開<u>淑士國</u>。

※　　　　　　※　　　　　　※

走了幾日，來到<u>兩面國</u>，剛好遇到開往天朝的商船。<u>徐承志</u>由於離開家鄉多年，心底十分思念，又聽說朝廷的拘捕已經不像當年那樣嚴密，便決定帶著<u>司</u>

徒斌兒先返回天朝。

送走徐承志夫婦，唐敖興起到兩面國走走看看的念頭。多九公因為連月來又是爬山又是進城，身體十分疲累，便沒陪唐敖、林之洋下船。

二人上岸走了一、二十里，終於抵達有人煙的地方。唐敖聽說兩面國人的後腦有另一張臉，左盼右望想要見識見識那究竟是什麼模樣，想不到這裡的人各個戴著頭巾，遮住了後腦，只留下正面的臉示人，不免有些掃興。

後來唐敖找了個當地人問問風俗。那人一派和顏悅色，滿臉謙恭，令人覺得可愛又可親。一旁等得無聊的林之洋隨口插了兩句話，那人見林之洋一身舊帽破衣，想必是個窮光蛋，馬上就將笑容收了，謙恭也沒了，停了一會兒才冷冷淡淡的回林之洋半句話。唐敖見林之洋變了臉色，也顧不得繼續請教風俗人情，當下辭別對方，拉著林之洋走遠。

林之洋氣極了，大叫大嚷：「這人實在狗眼看人低！俺今日是來不及換衣服，不然還不是一身上好的綢衫嘛。」他轉念一想，對唐敖說：「妹夫，你將衣服跟俺交換，俺要看看當俺穿起了綢衫，他是不是還這樣冷淡。」

於是兩人交換了衣服，再去找剛才那個人。出乎意料的是，那人表現得彷彿剛才什麼事都不曾發生過一樣，對林之洋既謙恭又和氣，對唐敖則換了副嘴臉，變得冷淡又無禮。

唐敖暗想：原來所謂的「兩面」，指的是嫌貧愛富，態度判若兩人啊！

他看林之洋與那人聊得投機，便偷偷走到那人身後，悄悄掀起頭巾——沒想到頭巾底下藏著的竟是一張凶惡醜怪的臉。這張惡臉一看見唐敖，就將掃帚眉一皺，血盆大口一張，伸出一條長舌，並噴出一股毒氣，瞬間陰風慘慘，黑霧瀰漫。

唐敖不禁驚叫：「嚇死我了！」

而在另一邊的林之洋，原本說說笑笑正愉快，突然面前的這張臉變成一副青面獠牙，還伸出一條長舌，像把鋼刀一樣的晃來晃去，好像要殺人滅口一樣。

　　林之洋嚇得三魂去了七魄，兩腿一軟，「撲通」一聲跪倒在地，重重磕了幾個頭，然後扯著唐敖拔腿逃回船上。

※　　　　　　　※　　　　　　　※

　　這日，來到厭火國，唐敖等人決定上岸去走走。

　　走沒多久，迎面來了一群人，臉黑得像塗墨，體型活似獼猴。他們見到唐敖，馬上一擁而上，圍著他滿嘴唧唧呱呱，不知在說些什麼，接著又伸出手，好像在索討東西一樣。

　　通曉多國語言的多九公看唐敖被嚇著了，立刻挺身而出，「我們只是經過這兒，一時興起來看個風景，身上沒帶銀錢。況且你們遭受旱災，農作歉收，將來國王必定會派官員前來發糧賑濟，何必在這裡向我們索討呢。」

　　那些人聽了，仍是七嘴八舌、自說自話，不願散去。

　　多九公聽了聽，又說：「我們只不過做點小買賣，帶的貨物不多，怎麼能拿來救濟你們呢？」

鏡花緣

林之洋被這些猴頭猴腦的人鬧得煩了，粗聲粗氣的說：「九公！俺們走吧，哪來這麼多時間跟這些窮鬼瞎鬧！」他話才說完，厭火國人一聲大喊，瞬間各個口裡噴出烈火，直向三人撲來，林之洋的鬍子一下子就被燒得一乾二淨。

　　「哇，是火！快走！」煙霧瀰漫之中，三人嚇得趕忙逃回海船。

　　想不到三人才剛上船，被「窮鬼」二字激怒的厭火國人也趕到了，繼續朝著船頭噴火。沒多久，船上一片烈焰飛騰，水手們一邊撲打火苗，一邊被火燒得焦頭爛額。

　　「再這樣下去，船就要燒光了啊！」正當眾人驚慌失措的時候，海中忽然竄出許多人魚，牠們嘴裡噴水，滔滔不絕的水勢好像瀑布一樣，往火光猛烈的地方澆去。過了一會兒，火光漸漸熄滅，林之洋也趁機放了兩槍，終於趕走了厭火國人。而那些趕來救火的人魚看火勢已熄，便一頭躍進水裡，將尾巴擺動了兩下，一眨眼就消失了蹤影。

　　林之洋唯恐那些厭火國人又回過頭來找麻煩，命令水手趕緊收拾收拾，迅速將船駛離這塊是非之地。

　　多九公不禁感嘆：「那日唐兄在元股國買下人魚放

生時，只說是做好事、積些德，沒想到今日真的靠這些人魚救了一命。古人說：『與人方便，自己方便。』這句話還真是有道理。」

這時林之洋一臉痛苦的跑來找略懂醫理的多九公，說：「那些猴子一把火燒去了俺的鬍子，現在嘴邊痛得很，九公有辦法處理這火傷嗎？」

多九公檢視了他的傷處，說：「這個容易。用麻油調拌大黃末，擦在燒傷的地方就行了。不過林兄今天被燒去鬍子，居然變得年輕俊俏不少，像個二十多歲的年輕人呢。」

不理會多九公的取笑，林之洋遵照多九公的吩咐，將大黃末與麻油一起調拌，敷在臉上，兩天後，傷勢果然就痊癒了。

第七章 歧舌國裡求韻書

避開天候炎熱、令人難以忍受的壽麻國後，抵達人人胸前隆起一大塊的結胸國。據說這裡的人會生得這副模樣，是由於生性懶惰卻又愛吃，成天吃飽睡、睡飽吃，食物無法消化，久而久之就在胸前堆成一個硬塊。

唐敖還見識了許多有趣的國家：整座山都燃著火焰的炎火山；長臂國的人手臂伸出來居然長達兩丈，比身體還要長；翼民國人背後都長著一對翅膀，能夠馱人飛翔；豕喙國的人都長著一張豬嘴巴，據說全天下說謊成性的人，最後都會轉生到這裡；伯慮國的人害怕一睡不醒，從小就繃緊神經不敢睡覺，於是整天昏昏沉沉，像遊魂一樣，等到哪天撐不住了，將眼睛一閉，竟然真的就長睡不醒。

在遍地桑樹卻不產蠶絲的巫咸國待個幾日，林之洋賣光了船上所帶的絲貨。又經過數天航程，期盼許久的歧舌國終於到了。由於這裡的人最愛音樂，他老

早就準備好許多笙、笛，並將在<u>勞民國</u>所買的雙頭鳥帶下船去販賣。

<u>唐敖</u>、<u>多九公</u>也上了岸，只聽<u>歧舌國</u>人滿嘴唧唧呱呱，不知在說些什麼。<u>唐敖</u>仔細聽了一會兒，問：「這裡的人講話，口中有無數聲音，難以分辨，<u>九公</u>聽得懂嗎？」

<u>多九公</u>回答：「海外各國的口音中，以<u>歧舌國</u>的最難懂。當年我偶然因為販賣貨物的關係，在這裡住了半個月，每天聽當地人說話，順便請他們指點幾句，才這一點那一點的學會了。誰知道當我再去學別處的口音時，居然一學就會，毫不費力。可見這做事呢，千萬不要一看事情難辦就退縮了，若能先把困難的給處理好，剩下的自然就簡單了。<u>林</u>兄也是經由我指點，才會說<u>歧舌</u>語的。」

<u>唐敖</u>心念一動：「既然<u>九公</u>通<u>歧舌</u>語，要不要藉這機會去打探一下音韻的學問呢？」

<u>多九公</u>想起當日在<u>黑齒國</u>被當面取笑「問道於盲」還聽不懂的恥辱，不禁點點頭，「<u>唐</u>兄的提議真好，我確實該把音韻學弄個清楚。有句話說：『若臨<u>歧舌</u>不知韻，如入寶山空手回。』我這就去請教請教。」

剛好旁邊一個老人走過，看他舉止斯文，應該是

鏡花緣

個讀書人。多九公上前拱拱手，以歧舌語與他閒聊。唐敖在一旁仔細觀察老人的嘴巴，發現他有兩個舌尖，看起來就像剪刀，說話時，兩個舌尖一起顫動，發出的聲音也就不同。

　　兩人交談許久，老人突然不知為何動了氣，張嘴「呱啦」幾聲，袖子一甩，揚長而去。多九公也氣呼呼的回過頭，用歧舌語哇啦哇啦罵了一串，才對唐敖解釋：「真是氣死人了！那老頭居然說國王有令，嚴禁國人擅自傳授音韻，任我怎麼懇求都不肯鬆口，還說曾經有人為了求音韻，拿一隻肚子裡藏著金銀財寶的大龜當作見面禮，當時財寶當前，他都拒絕了，更何況我今天不過多行了兩個禮?難不成我比大龜還值錢?老夫氣就氣在他居然拿隻烏龜來跟老夫比！」

　　唐敖聽了，不由得有些發愁，「送他金銀財寶都還不肯教——沒想到學習音韻居然如此困難。九公啊九公，還是請您想個方法，也不枉小弟盼望一場。」

　　多九公想了一下，說：「此刻天色已晚，我們先回船。明天我再四處探聽一下。唐兄不懂歧舌語，就待在船上等我消息吧。」

　　隔天一早，多九公、林之洋分別上了岸，問音韻的問音韻，做買賣的做買賣。到了下午，多九公垂頭

喪氣的返回船上，說：「唐兄，據我看來，只好等下輩子投胎到這裡時再來學音韻了。」

「怎麼說？」唐敖追問。

多九公嘆口氣，「今天我走了許多地方，不論大街小巷，還是酒肆茶坊，都一一過去探問了。沒想到，無論我怎麼費盡唇舌，好話說盡，關於音韻的學問他們一個字也不肯說。」

「九公可知歧舌國國王究竟是下達什麼禁令，竟然能讓他們這麼守口如瓶？」

多九公說：「這是因為國王曉得歧舌國文風不盛，唯一勝過其他國家的就只有音韻而已。他擔心萬一鄰國把音韻學會了，歧舌國將更難出人頭地，所以禁止國人私下傳授音韻，如果違背命令，未婚的罰他終身不得成婚，已婚的強制夫妻分離，再犯的就閹了。所以歧舌國人一聽到要問音韻的事，全都逃得跟飛的一樣。」

唐敖聽了這話，當真又好笑又氣惱，這時林之洋提著鳥籠回來，滿臉笑嘻嘻的。唐敖問：「舅兄這麼開心，是遇到什麼喜事嗎？」

林之洋說：「有個長官跟俺定了這隻雙頭鳥，出的價錢是我當時買鳥的好幾十倍。後來那長官的屬下偷

偷跟俺說，這鳥他長官是買定了，俺若今天不賣，明天再去，價錢會更好。所以俺才會越想越歡喜啊。」

第二天，林之洋起了個大早，歡歡喜喜提著鳥籠出去；不到中午，他愁眉不展的提著鳥籠回來了。

「發生什麼事情了？」唐敖覺得奇怪。

林之洋回答：「唉，那長官居然不買鳥了。俺打聽了一下，才知原來他買鳥是要送給世子的，只是世子今天一早出去打獵，失足從高處滾了下來，跌了個筋傷骨折，現在人還昏迷不醒。聽說御醫們束手無策，連國王也不再懷抱希望，甚至派人準備了棺木。那長官得到消息，當然不要這隻鳥了。只是……這鳥要在歧舌國才有銷路，換作別的地方，有誰肯買？俺只好吃過午飯後再出去碰碰運氣。」吃過午飯，他又提著鳥籠，唉聲嘆氣的上岸了。

唐敖將婉如的作業批改了一些，因為待在船上實在無聊，便跟多九公上岸走走。街上許多人正圍著一道黃榜指指點點——原來是世子墜馬跌傷，國王重金懸賞名醫、高人，請求醫治。

多九公將黃榜仔細看一遍，上前輕輕將黃榜揭了。看守的人見多九公的穿著不像當地人，一面派人去請通譯官，一面準備車馬，將二人送往迎賓館。

抵達迎賓館時，通譯官也趕到了。多九公表示他
有一道祖傳秘方，對於跌打損傷，效果十分顯著，只
是藥分內服、外敷，必須當面查驗傷勢，才能斟酌用
藥。

通譯官立刻稟告國王，獲得同意後，領著二人來

到王府。只見世子睡在床上，兩條腿都受傷了，腦袋也磕破了，還流了許多血，因為摔得嚴重，如今昏迷不醒。

多九公察看了世子的傷勢，拜託通譯官取來半碗童尿、半碗黃酒，和在一起，然後撬開世子的嘴巴，慢慢將混合液灌進去。他又從懷中取出藥瓶，倒出粉末，敷在頭部傷處，接著拿起一把紙扇，用力搧風。

一旁的宮女看見他的舉動，一陣騷動起來。通譯官趕忙上前說：「請您暫時停手！世子的傷勢如此嚴重，避風都來不及了，怎麼還能用扇子搧風？這不是雪上加霜嗎？」

多九公回答：「我敷的這種藥叫『鐵扇散』，一定要用扇子搧風，才能讓傷口立刻結疤，以免感染破傷風。這藥我已經用了很多年，你們儘管放心！」他嘴巴忙著說話，手上仍然不停搧風。沒多久，那些傷口果然都結了痂，世子也呻吟著漸漸醒了過來。

通譯官大喜，說：「您這鐵扇散真是起死回生的仙丹！現在世子頭上的傷口沒有大礙了，但這筋斷骨折的兩條腿，不知可有什麼靈藥可以醫治？還請您巧手施為。」

多九公問：「你們這裡有新鮮螃蟹嗎？」

通譯官搖搖頭，「本地沒有螃蟹這種東西，不知那有什麼功用？」

多九公解釋：「凡是筋骨損傷的人，無論傷的是輕是重，都先用童尿半碗，調配半碗熱黃酒，就算是昏迷不醒、即將斷氣，只要服用，就能立刻甦醒，起死回生；輕傷的每天服用二、三次，不用數日便可以痊癒。

「如果傷勢嚴重，除了服用童尿、黃酒，還要將新鮮螃蟹搗爛後濾掉渣滓，配著燒酒服下，並將渣滓敷在傷處，每天這樣處理，就能接筋續骨。如果沒有新鮮螃蟹，將曬乾的螃蟹燒成灰，搭配燒酒服用也行。這副藥方既簡單又有效，算得上是治療跌打損傷的第一良方。今天既然你們沒有產螃蟹，幸虧我有帶七釐散，功效也是一樣。」

說完，多九公不慌不忙取出一個藥瓶，將藥粉秤了七釐，用燒酒調勻後讓世子服用，又取出許多七釐散，也用燒酒加以沖調，敷在兩條腿受傷的地方。世子服藥後，人顯得比較舒服了，於是漸漸睡去。

接連幾天，多九公定時幫世子敷藥、調配七釐散；世子則遵照他的囑咐，乖乖吃藥、敷藥，傷勢很快就好轉了，只是走路仍然一跛一跛的，不太方便。在治

病的空檔，<u>多九公</u>依舊帶著<u>唐敖</u>四處求教韻學，只可惜毫無收穫。

世子痊癒那天，國王擺下宴席，率領臣子一起向<u>多九公</u>道謝、餞行，國王並命人捧出一千兩白銀當作謝禮，又多添一百兩白銀，請<u>多九公</u>寫下藥方，以備日後不時之需。

<u>多九公</u>請通譯官轉達：「我不是貪圖錢財，而是因為剛好船上帶有藥材，才揭了黃榜救治世子。至於藥方，不過是舉筆之勞，哪裡需要重金酬謝。所有的銀兩，懇請國王收回，只想求國王賜我韻書一部，或是略加指點韻學，了卻平生所願。」

誰知國王寧可賞賜加倍，也不願傳授韻學。<u>多九公</u>還要再拜託通譯官幫忙祈求時，通譯官為難的說：「韻學是本國的不傳之祕，國王心情好時都不肯輕易傳授了，更何況現在兩位王妃重病纏身，國王心神不寧，我實在不敢幫您再求。」

<u>多九公</u>追問：「王妃患的是什麼病？」

通譯官回答：「據說一位王妃昨天動了胎氣，有些出血，腹部疼

痛。另一位王妃罹患乳癰，至今已經兩天，結塊的部位雖然沒有破裂，但異常紅腫疼痛。因此國王十分憂愁。」

多九公自信十足的說：「王妃雖然動了胎氣，但現在只是稍微出血，還有五分可治。乳癰最忌諱拖延就醫，要是裡面已經化膿潰爛，就算服藥恐怕也救不了；幸好才發作兩天，裡面還沒化膿，也是有五分可治。我雖然有祕方，但不知國王是不是願意傳授韻學？」

國王一心想治王妃的病，只好勉強同意了。多九公立刻寫下藥方，請通譯官轉交。因為及時處理，對症用藥，才幾天功夫，兩位王妃的病情便都好轉了。

國王雖然心裡很歡喜，但一想起韻書，還是很捨不得，打算多添點銀兩，而不傳授韻學。多九公哪肯同意，他斬釘截鐵的表示：「沒有韻學，我情願一兩銀子也不要。」

國王與朝廷眾臣商量了三天，勉為其難寫了幾個字母，密密封好，命令通譯官轉交給多九公，還一再叮嚀千萬不可以隨便傳授他人。

心願終於得償，多九公提筆「刷刷」寫下鐵扇散與七釐散的藥方及用法。通譯官也趁著多九公心情大好之際，針對歧舌國人常常罹患的癰疽毒瘡，跟多九

公另外求兩個藥方。

　　回到船上，二人得知林之洋的雙頭鳥因為世子痊癒而賣得極好的價錢，正嚷嚷著說要擺開酒宴，大家一起歡樂一場。所有事情辦完之後，眾人歡欣鼓舞的揚帆啟航，離開歧舌國。

※　　　　　　　　　　※　　　　　　　　　　※

　　抵達智佳國時，正好是中秋佳節，水手們都想慶祝一下，便早早將船靠了岸。唐敖聽說這裡的風土民情和語言跟君子國差不多，便約林之洋、多九公一起上岸去，想看看他們是怎麼過節的。

　　進到城裡，只聽見一陣陣爆竹聲響，美麗的花燈沿街擺放，往來人潮不斷，氣氛熱鬧非凡。

　　林之洋不禁疑惑，「今天不是中秋節嗎？怎麼像過元宵節一樣，擺了那麼多花燈？」

　　多九公也覺得奇怪，詢問了當地人，才曉得原來智佳國的元月太冷，沒有過年的興致，但八月時天氣正好，不冷不熱，很適合過年，他們便把八月一日改為元旦，中秋節改成元宵節。而今天，正好就是元宵節。

　　唐敖四處望了望，好奇的問：「之前在勞民國，九公曾經說：『勞民永壽，智佳短年。』既然短年，怎麼

路上放眼望去都是老人家呢？」

多九公說：「唐兄不要看見他們一頭白髮，就以為是老人家，其實那些老先生、老太太也才三、四十歲而已。」

唐敖連忙追問：「這是什麼緣故呢？」

多九公說：「這裡的人最喜歡研究天文曆算、占卜數學，更喜歡相互競爭，用最新奇、最巧妙的成果打敗其他人，所以鄰國都用『智佳』稱呼他們。只是這種喜好也令他們耗盡心血，往往不到三十歲就已經滿頭白髮，到了四十歲時，外表就蒼老得像我們的七十高壽一樣，所以這裡從來沒有能稱作『長壽』的人。不過若是跟伯慮國的人比較，這裡又算是長壽了。」

說話間，忽然看見一戶人家的門口貼著一張寫著「春社候教」的紅紙，唐敖一時興起，提議：「沒想到這裡的人也猜燈謎，我們不如進去瞧瞧？」

於是三人進入廳堂，只見牆壁上貼著各種顏色的紙條，上面寫著許多燈謎，旁邊圍著許多舉止斯文的老人家，似乎都在專心解燈謎。猜燈謎大會的主人很熱絡的招呼他們。

唐敖將燈謎看過一遍，終於找到一條他可能知道答案的。「請教九公，之前經過的那個把眼睛生在手上

的，是什麼國家？」

多九公回答：「那是深目國。」

得到答案，唐敖高聲說：「請問那條『分明眼底人千里』，猜個國名的燈謎，答案是不是『深目國』？」

主人回答：「猜得沒錯。」便把紙條跟禮物送到了唐敖手上。

唐敖有些不好意思，「不過是個遊戲，怎麼能那麼厚臉皮的收您禮物？」

主人的態度很謙和，「一點小東西，值不了幾個錢，用來助興而已。本國舉辦猜燈謎時都是如此，請您不要在意。」

唐敖連聲說：「不敢、不敢。」只得收下了禮物。

林之洋一旁看了也不甘寂寞，「請教九公，俺曾聽人把女兒叫做『千金』，所以『千金』就是女兒了？」

多九公連連點頭。

「這樣的話，那邊貼著一張『千金之子』，猜個國名，答案就是『女兒國』囉？俺去問他一聲。」然而林之洋的嗓門太大，主人早已聽見答案，一邊說他猜對了，一邊把禮物遞給他。

首次猜謎就馬到成功，林之洋可來勁了，繼續說：「那個『永賜難老』，猜個國名……」

主人笑說：「這裡貼的紙條，只有『永錫難老』，沒有『永賜難老』。」

林之洋趕忙改口：「俺說錯了。那個『永錫難老』，答案是『不死國』吧？上面畫著一隻螃蟹的，應該是『無腸國』？」

「通通猜對了。」主人話才說完，禮物便已送達。

連續猜對燈謎，林之洋決定乘勝追擊，「俺又猜著幾個國名了。請問『腿兒相壓』是不是『交脛國』？『臉兒相偎』的謎底是不是『兩面國』？『孩提之童』是不是『靖人國』？」

主人連聲說「是」，又遞上了禮物。

林之洋呵呵直笑，非常開懷，說：「有了這些禮物，俺更是高興得要繼續猜謎了。請問主人，『遊方僧』，猜孟子四字，答案是『到處化緣』嗎？」

眾人立刻哄堂大笑。唐敖窘得滿面通紅，趕緊解圍：「這是他故意開玩笑的。請問答案是不是『所過者化』呢？」

主人說：「正是。」禮物立刻遞上。

雖然笑聲已經停了下來，但多九公總覺得有許多嘲弄目光盯在自己身上，令他不由自主的想起在黑齒國的難堪遭遇，不由得低聲埋怨：「林兄既然對書本不熟，怎麼不先問問我們……」

他話還沒說完，林之洋又高聲的說：「請問主人，『守歲』二字，猜孟子一句，答案應該是『要等新年』？」

眾人再度哈哈大笑。多九公慌忙說：「我這朋友習慣裝模作樣，逗人開心，還請各位不要見怪。請問答案是『以待來年』吧？」

主人回應：「正是。」又送上了禮物。

眼看時機差不多了，多九公偷偷跟唐敖遞個眼色，起身說：「多謝主人送我們這麼多禮物。我們還要趕路，必須先告辭了。未來假使來到這兒，一定會再來請教。」

三人回到人潮洶湧的大街，這時多九公再也憋不住了，抱怨：「我還想多猜幾條燈謎，顯顯本事，林兄怎麼這麼性急，一直催我們出來！」

林之洋回嘴：「這是什麼話！俺在那裡猜燈謎猜得好好的，什麼時候催你出來了？俺才要怪你打斷俺的興致呢。」

唐敖也有些不悅，說：「孟子這本書任誰都讀過，舅兄既然不記得內容，為什麼不先問問我們？你只顧著隨口瞎編，他們聽了，卻都忍不住恥笑，我和九公在一旁，怎麼還待得下去？這不是舅兄催我們走嘛！」

　　林之洋自知理虧，只好說：「俺也只是想要多猜幾條、做做樣子嘛，哪知反而被取笑了。反正他們也不知道俺姓啥名誰，要笑就隨他們笑吧。今天是中秋佳節，早早回船上也好，若是繼續猜燈謎，就擔誤俺們飲酒賞月了。走走走，俺們喝酒去，酒後煩惱丟，醉後不知愁。」

鏡花緣

第八章 林之洋落難女兒國

這日，來到女兒國。多九公想邀唐敖上岸遊玩，唐敖卻因聽過「唐三藏上西天取經，路過女兒國時，差點被國王留住，再也上不了路」的驚險遭遇而不敢上岸。

多九公忍不住笑說：「唐兄的顧慮確實很有道理。只是這個女兒國如果是唐三藏路過的那個，別說唐兄，就算林兄明知到這裡做買賣獲利豐厚，他也是不敢隨便上岸的。」

「這麼說來，這個女兒國沒有一條子母河，無論男女，只要喝了水就會懷孕，也不會因為全國上下只有女子，於是一有外地男子踏入，就硬要留下來當夫婿？」唐敖還是有些疑慮，再三求證。

多九公點點頭，「這個女兒國跟我們一樣，也是有男有女，差別只在於這裡的男人辮髮著裙，處理家中瑣事；女子則蹬靴戴帽，在外頭奔波營生。」

唐敖幾乎不敢相信自己的耳朵，「什麼！男人需要

料理家務？料理家務也就算了，難不成這裡的男人臉上還要擦脂抹粉，兩腳也須纏足？」

回答這個問題的是林之洋，「俺聽說他們十分喜歡纏足呢，不管是大戶千金，還是小家碧玉，通通認為腳是纏得越小越好；說到脂粉，那更是一天也不能少。還好俺生在天朝，要是生在這裡，光是裹腳，痛都痛死俺了！」說到這裡，他從懷裡取出一張貨單，「妹夫，你看，這些貨物就是特別要在這裡賣的。」

唐敖接過一看，發現列的盡是些胭脂水粉、梳子髮釵，不禁有些不解，「我們從嶺南出發時，我就曾疑惑這類貨品似乎帶得太多了，直到現在才知道你的用意。只是這裡雖然叫女兒國，卻不是只有女子，單賣這類貨物會不會風險太高了？」

「唐兄這就有所不知了。」多九公說：「這裡的人，上自國王，下到百姓，生活雖然習慣儉樸，只是有個不曉得算『好』還是『不好』的毛病，那就是喜歡將家中女眷打扮得花枝招展的，一聽到有新奇精美的妝粉、飾品，哪怕是手頭拮据，也要設法購入。林兄帶來的這些貨物，拿到大戶人家，不用三兩日就可銷售一空，少說賺了兩三倍的利息。」

聽到這裡，唐敖終於被勾起了好奇心，「這麼風俗

鏡花緣

特異的國家，看來是一定要去領略一下了。我看舅兄今天滿面紅光，一副即將喜從天降的樣子，想必這次的買賣獲利肯定十分可觀。」

「說得好。」林之洋喜孜孜的回答：「今天一早就有兩隻喜鵲朝俺叫，又有一對喜蛛非常剛好的落在俺腳上，說不定這回上岸真的會有大收穫，就像在君子國得到的那幾擔燕窩呢。」他拎著貨單，笑容滿面的上岸去了。

唐敖、多九公不久後也進了城。置身街市之中，往來人們全是青壯年紀，雖然作男裝打扮，但一張口都是女子嬌脆的嗓音，再加上身材瘦小，體態柔美，看在外地人眼裡，這樣的男裝麗人實在有種說不出的怪異。

唐敖忍不住悄聲說：「九公，你看她們，放著好好的女子不做，偏要穿上男裝當男人，裝模作樣，真是怪極了。」

多九公雖然不是第一次來到女兒國，卻依然能理解唐敖的感覺，說：「唐兄，反過立場來想，恐怕她們看見我們，也要嘀咕我們放著好好的女子不做，偏要裝腔作勢的冒充男人呢。」

唐敖被這麼一提點，立刻醒悟，「九公說的沒錯。

那麼，既然這裡的『男人』是這副打扮，不曉得所謂的『婦人女子』又是怎樣的裝束呢？」

多九公偷偷往旁邊指了指，「你看，那邊拿著針線做鞋的，不正是個婦人嗎？」

唐敖定晴一看，只見一個中年婦人坐在小院子裡。她一頭青絲用髮油搽得油亮，簡直可以滑倒蒼蠅；長髮梳成辮子盤在頭頂，鬢邊裝飾著許多珍珠翠玉，滿頭珠光寶氣簡直耀花人的眼睛；耳朵垂著八寶金環，身穿玫瑰紫的長衫，腰圍蔥綠色的長裙，裙下露出一雙三寸金蓮。她的一雙纖纖素手正在繡花；一雙盈盈秀目，兩道高高蛾眉，臉上敷著厚厚的脂粉。再朝嘴上一看，原來是個絡腮鬍子！

這樣突兀的反差，讓唐敖忍不住「噗嗤」一聲，笑了出來。

婦人停下手中的針線，循著笑聲望過來，在看清楚唐敖的五官相貌後，扯開嗓子大喊：「妳這婦人是在笑我嗎？」破鑼一樣的聲音難聽至極，嚇得唐敖拉著多九公往前飛逃。婦人不甘被笑，不停的大聲嚷嚷：「妳臉上有鬍鬚，分明就是婦人，偏偏穿衣戴帽想冒充男人！妳也不去照照鏡子，看看自己生得什麼模樣！妳表面上偷看婦女，其實是要偷看男人吧，這麼不知

羞恥，幸虧是遇到老娘我，換做別人，把妳當成偷窺婦女的男人，恐怕要被打個半死哩！」

唐敖腳下不停，直到離婦人遠了才慢下步伐，對多九公說：「他果然把我們當作婦人了。舅兄單獨一人去做買賣，希望她們能把他當男人看待，不然就麻煩了。」

多九公皺眉，問：「是有哪邊不妥嗎？」

唐敖憂心忡忡的回答：「舅兄原本就生得眉清目秀，之前在厭火國時被一把火燒去了鬍子，更顯得年輕俊美。她們要是把他當作婦人，麻煩不就大了？」

多九公略一思索，說：「這裡的人對待外地人的態度向來和善，更何況我們來自天朝，就算不加倍禮遇，也不至於有冒犯的行為。唐兄放心吧。」

兩人邊走邊聊，偶爾從旁邊經過的「婦人」，有的懷抱幼童，有的牽著孩子，但不管是老是少，無不將雙腳纏得小小的，走起路來搖搖晃晃，帶著一股嬌羞的味道。她們個個裝扮精美，努力呈現自己最美好的一面，有些年紀較長的婦人，甚至還將鬍子用墨汁染黑，想讓自己看起來更年輕。

種種與天朝不同卻又帶點熟悉的景象，讓唐敖、多九公看得嘖嘖稱奇，欲罷不能。四處遊覽許久之後，

才悠悠哉哉的往碼頭走去。

回到船上，用過晚飯，一直等到半夜，<u>林之洋</u>居然沒回來。<u>呂氏</u>慌得不知該如何是好，<u>唐敖</u>與<u>多九公</u>也覺得情況不對，趕緊提著燈籠上岸去尋找。一路來到城門口，看到城門已經緊閉，只好回船，隔日再找。

一連找了好幾天，<u>林之洋</u>仍舊下落不明。<u>呂氏</u>與<u>婉如</u>天天哭得死去活來，<u>唐敖</u>和<u>多九公</u>更是急得一顆心有如火在燒，但他們身在異國，又沒有可以拜託的有力人士，除了像無頭蒼蠅一樣繼續查訪外，也沒有其他方法可想。

又過了半個多月，<u>唐敖</u>在外頭打探了半天消息，中午回船用飯時，<u>多九公</u>滿頭大汗的跑上船，嚷嚷著：「有林兄的消息了！」

<u>呂氏</u>與<u>婉如</u>趕緊圍過去，<u>多九公</u>顧不得喝水潤喉，開口就扔下一個大炸彈：「林兄被國王看上眼，已經被

封作貴妃，明天就要進宮了！」

話說從頭。那日林之洋帶著貨單，到城裡幾間店鋪談生意，因為價錢太低，又另外找了一個大戶人家。那大戶人家買了一些貨物後，指點他說：「我們這裡有個國舅府，他家人口眾多，需要的貨物也多，妳到那裡去賣，一定能有好價錢。」

林之洋心中大喜，立刻問好路徑，去了國舅府。他拜託守衛將貨單遞進去，沒多久，裡面傳話說：「這幾年國王選妃，需要這些貨物。現在已經將貨單轉呈給國王，妳等等跟隨宮殿派來的人走，以方便國王選貨。」

過了一會兒，一個內使手拿貨單，領著林之洋七拐八彎走進王宮，穿過層層金門；一路上，處處有人把守，景象萬分威嚴。到了內殿門口，內使要林之洋待在原地，自己則帶著貨單走進去，不久後又走出來，問：「妳的貨單上沒有標明價錢，這要怎麼算？」

林之洋回答：「各種貨物的價錢，俺都記得，看是要哪些貨物，俺待會開個總價。」

內使進進出出，分批問了好幾樣貨品的價錢，最後，內使對<u>林之洋</u>說：「妳貨單上的物品，我們國王幾乎各種都要買一些，只是價格這樣問來問去，怕有錯誤，想要當面問個清楚。妳待會兒回話可要小心。」

<u>林之洋</u>不敢怠慢，跟著內使進了內殿，朝國王深深鞠躬後，便站在一旁等候。眼角餘光一瞥，發覺國王雖然至少有三十歲了，但柳眉大眼、唇紅齒白，長得十分美貌。

國王手拿貨單，輕啟朱唇，又把各樣貨品的價格問了一遍，還一邊問話，一邊仔細打量<u>林之洋</u>。<u>林之洋</u>覺得有點奇怪，以為是國王從沒見過天朝人而感到好奇，所以沒有多想。稍晚，宮女來請國王用晚飯，國王便把貨單留下，又命宮女準備酒飯款待<u>林之洋</u>，轉身走了。

<u>林之洋</u>跟著宮女到了一座樓上，才剛把豐盛的菜餚嘗過一遍，突然樓下一陣吵吵鬧鬧，眨眼之間，幾名宮女跑上樓，口呼「娘娘」並叩頭賀喜。他心裡大驚，還來不及反應，宮女已經手捧鳳冠霞帔、玉帶蟒服、裙褲釵環等一擁而上。雖然他有心要掙扎擺脫，然而這些宮女個個力大如牛，任他怎麼抗拒也毫不鬆手。她們七手八腳的將他剝得乾淨，扔進灑滿花瓣的

浴池裡，上下洗刷；梳洗過後，又無視他的推拒，強行為他換上女裝衫裙，把那一雙大腳穿上細薄軟襪，頭髮梳成辮子，搽上許多頭油，抹上一臉香粉，將嘴唇染得通紅，戴上鳳釵、戒指與金鐲，最後請他坐在床上。

林之洋只覺得自己一定是在作夢，呆愣愣的任由擺布，直到這個時候才好不容易回過神，仔細問了宮女，才知道是國王要封他為王妃，等選好日子，就要成親。

「這怎麼可以，俺可是有妻有女的人啊！」林之洋心裡正慌，突然又有幾個身高體壯的中年宮女迎面走來。

一個白鬚宮女手拿針線，走到床前，跪下說：「稟娘娘，奉命為您穿耳。」話才說完，四名宮女走上來，緊緊扶住他。白鬚宮女上前，揉揉他的右耳垂，立刻一針穿過！

林之洋大叫一聲：「疼死俺了！」不由得往後一仰，還好有宮女扶住，才沒跌得難看。他緩過氣，左耳垂也挨了一針，然後兩耳都被敷上鉛粉揉一揉，戴上一副八寶金環。

白鬚宮女退開後，另一個手捧白綾的黑鬚宮女在

床前跪了下來，說：「稟娘娘，奉命為您纏足。」

　　「什麼？纏足！」林之洋心驚膽顫，無比恐慌，才要站起身，四個宮女已經壓制住他，另外兩個宮女捧住他的大腳，脫去襪子。黑鬚宮女坐在矮凳上，將白綾從中間撕開，先把林之洋的右腳放在自己膝蓋上，在腳縫裡灑些白礬，將五根腳指緊緊靠在一起，用力把腳面彎成弓型，再用白綾纏裹；才纏了兩層，就有宮女用針線將白綾密密縫住加以固定。如此一面狠纏，一面密縫，等到纏完，林之洋只覺得雙腳有如架在炭火上燒烤一般，疼得難以忍受，一陣心酸不由得襲上心頭，放聲大哭：「痛死俺了！」

　　好不容易止住眼淚，林之洋央求眾人轉達國王：「俺是個有婦之夫，沒辦法留在這裡作王妃，自在了許多年的兩隻大腳，也忍受不了纏足的拘束。」但這些奉國王命令前來幫他纏足的宮女，卻壓根兒不體恤他的心情。

　　半夜，林之洋痛得怎麼也睡不著，乾脆將白綾左撕右扯，拆解開來，讓飽受折磨的十根腳指好好舒展舒展，才終於能沉沉睡去——沒想到解放大腳的代價，居然是被一根三寸寬、八尺長的竹板，惡狠狠的打了五個大板子！他的大腿到屁股一片血肉模糊，疼痛更

鏡花緣

是直鑽心底難以忍受。

經過這次教訓，林之洋再也不敢扯掉兩隻腳上重新裹好的白綾。但接下來的日子簡直像在地獄裡被油烹、火烤一樣。白天，宮女怕誤了期限，為了加速纏足的進度，總扶著他往來走動，絲毫不肯放他休息；到了夜晚，林之洋疼醒，幾乎整夜不能合眼。

在日夜承受折磨、卻又看不到脫身希望的情況下，即使林之洋本性樂觀，如今也覺得與其生不如死，不如真的去死。只是無論白天黑夜，他身邊總有宮女輪流看守監視，令他不敢輕舉妄動。

就這樣，林之洋的兩隻大腳被宮女們今天纏，明天也纏，搭配藥水薰洗，不到半個月，腳面就彎曲得像折成了兩段，十根腳指也已經腐爛，不停的流著膿水。

有一天，林之洋正疼得難受，那些宮女又狠心的來攪他走路。他勉強走了幾步，只覺得痛得寸步難行，不禁一口氣湧上心頭，嚷嚷著說：「俺不纏腳了！與其這樣活受罪，你們乾脆處死我算了！」說完，他心一橫，甩掉繡花鞋，雙手死命撕扯腳上的白綾。宮女們趕緊阻攔，然而林之洋鐵了心要解放腳丫，兩邊推推攘攘，一時間亂成一團。

負責纏足工作的宮女看情況不妙，立即將情況稟明國王，接著回到這座小樓，說：「國王有令，王妃不肯纏腳的話，便將她頭下腳上倒掛在屋梁上作為懲處，不得有誤！」

林之洋早就不想活了，乾脆將兩手一攤，任由宮女擺布，只想早死早超生。誰知兩腳才剛被繩子纏緊，就已經痛上加痛，等到身子被倒吊在半空中，所有血液彷彿衝進了腦袋，瞬間眼冒金星，腦袋發暈，疼得冷汗直流。他咬牙忍痛，想說等死了就解脫了，沒想到自己不但一直不死，神智還越來越清醒，兩隻腳更像刀割針刺一般，痛苦極了。最後他忍不住了，終於大叫：「國王饒命！饒命啊！」

宮女們知道他這次是真的怕了，等林之洋被放下來，為了討國王歡心，更是不顧林之洋死活的用力狠纏，想要盡快完成纏足工作。林之洋之後又有好幾次想要自我了斷、求個解脫，卻因為身邊宮女防範得很嚴密，只能繼續待在這煉獄裡備受煎熬。

不知不覺間，林之洋兩隻腳不再流出膿水，只剩幾根枯骨，看起來瘦瘦小小的，標示著纏足工作已經到了尾聲。國王到訪那一日，宮女將林之洋的頭髮用各種頭油搽得烏黑亮麗，將白皙臉龐上的濃眉修得像

一彎新月，嘴唇點上豔紅胭脂，再裝飾了滿頭珠翠——一名窈窕淑女就這麼出爐了。

國王親自上樓來看<u>林之洋</u>，對他的改頭換面十分滿意，心中暗想：如此佳人，偏偏誤穿了男裝。若不是孤家眼光敏銳，豈不埋沒了一個嬌滴滴的佳人嘛！

大喜之下，國王取出一串珍珠手鍊，親自幫<u>林之洋</u>戴上，又拉著他親親密密的跟自己坐在一塊兒。<u>林之洋</u>窘得滿面通紅，想到自己是有妻有女的人，居然跟一個陌生女子坐得那麼近，不禁坐立難安，滿心羞愧。

國王回到皇宮，想起<u>林之洋</u>的「花容玉貌」，真是一刻也不想等待，便下旨要他明日就進宮成親。<u>林之洋</u>苦熬了一個月，日夜盼望<u>唐敖</u>、<u>多九公</u>來拯救他，沒想到明天都要進宮了，卻都還沒有他們的消息。回想過去自己英姿颯爽，健步如飛，對照現在兩腳被纏得筋軟骨酥，走路都要人攙扶的嬌弱模樣，忍不住掉了一缸子的眼淚。

隔天一早，<u>林之洋</u>渾渾噩噩的任由宮女將自己從頭到腳仔細打扮，在宮女的簇擁下來到正殿，被攙扶著走到國王面前，行了一個女子的叩拜禮。他像個木偶一樣接受所有人的祝賀，卻在心底追問：俺究竟是

做錯了什麼，為什麼要受這樣的折磨？難道俺就從此陷在<u>女兒國</u>的深宮中，再也回不去家鄉、見不到親人了嗎？

那日<u>多九公</u>總算打探到<u>林之洋</u>的消息後，曾當機立斷，拜託內使懇求國舅，只要能把<u>林之洋</u>從宮裡贖出來，他們願意奉送船上的所有貨物。不過因為國王已經定了成親的日子，再也難以挽回，於是國舅不願相助。

<u>唐敖</u>左思右想，最後寫了許多張言詞懇切的訴狀，遞到各個衙門去喊冤，希望能有哪個青天大老爺憐憫他們的處境，願意挺身而出、力挽狂瀾。誰知一連找了十幾個衙門，官員看過訴狀，通通苦著臉推託：「這不關我們衙門的事，妳到別處遞狀子吧。」

兩個人從早忙到晚，依舊一無所獲。<u>林</u>家母女得知他們四處碰壁，一個想著自己的丈夫就要進宮，另一個想著自己這輩子再也見不到父親，不由得抱在一起痛哭了一夜。<u>唐敖</u>聽著她們的哭聲，不禁心如刀割，無法入睡，只能痴痴瞪著外頭，直到天明。

第二天一大早，<u>多九公</u>說：「我們與其待在船上，任由事態發展，不如上岸去探聽消息吧？說不定<u>林</u>兄進宮的日子已經更改，這樣就能另外想法子了。」

唐敖垂頭喪氣的說：「日子都定好是今天了，怎麼可能更改？就算改了，我們又有什麼辦法讓國王放人？」

多九公想了想，說：「如果林兄入宮的日期能夠延一延，我們就可以到鄰近國家，將船上的一切貨物、銀錢通通送給那國王，懇請他代替我們轉達心聲。或許女兒國的國王會看在鄰國國王的情面上，同意放林兄出來。」

呂氏在船艙裡頭聽見這話，立刻走出來，眼眶通紅的說：「我覺得這方法很好，拜託你們前去打聽，看看有沒有機會，好嗎？」

唐敖答應了，與多九公一同進城。一路上，只聽到處有人在說，今日國王迎娶新王妃進宮，為了慶賀這樁喜事，赦免了許多囚犯，各級官員也都帶著禮物入宮賀喜。二人心底一沉，越來越覺得林之洋這回是在劫難逃，注定要留在女兒國了。

時間就在他們的六神無主中飛也似的溜走，轉眼間，太陽已經西沉。兩人默默無言的往回走，看著那些賀喜完畢、出宮返家的官員，忍不住悲從中來。走著走著，無意間看到路邊一群人圍著一道榜文指指點點，他們湊了過去，才知道由於河道壅塞，連年水患

成災，國王下旨徵求能人君子疏通河川，解除水患。

　　唐敖心裡一動，低頭想了一會兒，竟走上前去，將榜文揭了下來。一旁的官差立刻上前問話：「妳是哪裡來的婦人，竟敢擅自揭這榜文？榜文上說什麼，妳都看明白了？」附近的老百姓聽說有人揭榜，全都一擁而上，想看看究竟是哪號人物。

　　眼看人們越聚越多，唐敖心裡一定，扯開嗓門大聲說：「我姓唐，是天朝人氏。關於治河一事，我們天朝是無人不知，無人不曉，湊巧今天路過貴國，得知貴國連年水患，百姓苦不堪言，因此願意出力治河，為你們解除災患……」

　　話還沒說完，飽受水患之苦的老百姓便已跪了一地，口口聲聲要唐敖大發慈悲，救他們脫離苦海。

　　唐敖被這麼多雙哀求的眼睛盯著，不免有些慌張，但事到如今已經沒有退路，只好一不做，二不休，咬

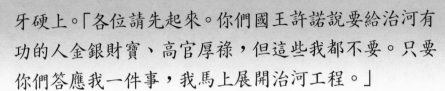

牙硬上。「各位請先起來。你們國王許諾說要給治河有功的人金銀財寶、高官厚祿，但這些我都不要。只要你們答應我一件事，我馬上展開治河工程。」

百姓們站起來，異口同聲的問：「不知道您要我們答應什麼事情？」

機會來了！唐敖心想。他深吸口氣，朗聲宣告：「我的妻舅之前進宮賣貨，卻被國王立為王妃，聽說成親的日子就定在今天。你們若要我治河，就立刻到王宮前面，請求國王放了我妻舅。只要國王以人民為重，放回我妻舅，我立刻開始治河；如果國王不肯放人，就算搬來金山銀山，我也寧可見死不救。」

幾句問答之間，圍觀的人已經多到用「人山人海」來形容都不嫌誇張。他們一聽這話，也不知道是誰先起的頭，數萬百姓竟不約而同的往王宮方向前去。

另一方面，看守榜文的官差備妥了轎子，將唐敖、多九公送往迎賓館。多九公找了個空檔，悄聲在唐敖耳邊問：「你真的曉得怎麼治河？」

唐敖低聲回答：「我沒做過河工，哪會知道該怎麼治河！」

多九公急了，追問：「你既然不懂治河，為什麼要去揭黃榜？萬一治河沒有成效，浪費了公款，豈不是

連我們自己都要賠進去嗎？」

唐敖解釋：「為了要救舅兄，我只好走一步算一步，先揭黃榜，逼百姓前去王宮求情，好讓國王暫時無法和舅兄成親。明天我就去看看河道，想方設法處理一下。假使舅兄命中注定能夠平安逃脫，那麼河道的整治一定會成功。」

多九公聽了這與「豪賭」差不多的計畫，不由得皺起眉，連連搖頭。

王宮裡，國王正一臉喜悅的接受祝賀，等著要跟林之洋拜堂成親。忽然聽到外頭喊聲震天，不禁又驚又疑，後來聽說國舅有事求見，就先遣散了眾人，傳他進殿。

國舅行完禮，把唐敖的要求以及數萬百姓齊聚宮門的事，從頭至尾說了一遍。

國王不悅的說：「就算是一般百姓，也沒有婦女婚後改嫁的例子，孤家身為一國之君，為什麼反而要讓王妃成為特例？」

國舅回答：「臣剛才已經跟百姓說過這個道理，但百姓說王妃還沒進宮，婚事還沒成定局，所以懇求陛下施恩。」

國王聽了，一時間默默無言。她想著連年水患造

成的國家損失，想著無數被洪水拆散的家庭，想著那個揭榜的天朝婦人如果真有能力解除水患，自己當然應該答應百姓的懇求。但是轉念想起林之洋的玉貌花容、娉婷身姿，心裡實在捨不得，再加上堂堂國王居然被百姓逼得拱手讓出王妃，簡直是奇恥大辱，忍不住有了「人先娶進宮再說，管他老百姓死活」的念頭。

守在王宮外頭的老百姓眼看天色漸暗，擔心一旦入夜，國王跟王妃成了親，一切就再也沒有轉圜的餘地，忍不住聲音越喊越大聲，情緒越來越激動，竟逐漸有醸成暴動的趨勢。

一片喧囂中，國王做出決定：「那個揭榜的婦人在哪裡？」

國舅回答：「目前把她安置在迎賓館。」

國王吩咐：「如果她真的會治河，孤家念在百姓的分上，當然可以開恩釋放王妃。只是這會與不會呢，都是她一人說的，誰知治河的成果如何。不如先將王妃留在這裡，等她將河治理好了，孤家再放王妃回去；假使治不好，浪費銀錢，就命令她依照工程款項拿銀錢來贖人。國舅覺得如何呢？」

國舅滿心歡喜的說：「這個處置既不浪費公款，又可以安撫民眾；若是河道真的治理成功，也除去了我

鏡花緣

國的心腹大患，真是一舉兩得。」

國王點點頭，有些無精打采的揮揮手，「那你就照這樣子去辦吧。」

事不宜遲，國舅向百姓宣讀國王的旨意、解散群眾後，就前往迎賓館會見唐敖。彼此寒暄幾句後，國舅說：「您的妻舅之前到王宮賣貨，忽然病倒，至今還沒痊癒，等到病養好了，就會送回船上，中間種種經過，沒有事先轉達，讓您擔憂，還請見諒！至於將您的妻舅『立為王妃』這個說法，純粹是個謠言，千萬不可以相信。」

唐敖心想：明明是強搶民女，虧妳還能想出「忽然病倒」這種藉口！要不是我想出法子，聚集大批民眾對國王施加壓力，到了現在這個時候，舅兄早就成為女兒國的王妃了。

然而儘管心底不屑，場面話還是得說。他應酬了幾句「感謝大人代為照料」、「船上帶有藥材，需要的話儘管吩咐」等話，接著表示自己打算明天就去看看成為女兒國心腹大患的那條河。

國舅點點頭，答應明天一早陪唐敖前去觀看河道，便告辭離開了。

如今四下無人，多九公終於將滿腹憂心化作言語：

「治河一事，關係重大，如果出了差錯，不僅林兄無法脫身，就連我們也前途堪憂，我實在放心不下。明日看過河道後，國舅一定會詢問治河的方法，到時候唐兄要如何應對？」

唐敖回答：「其實這個河道呢，看或不看都是一樣的。長久以來，我一直有個想法，那就是河川氾濫成災的原因，大多是由於河川淤積，大水沒有宣洩的地方所造成的。明天看過河道，我就先指揮他們將整段河道挖深，再拓寬河道，疏通水路，這樣大水有了去處，應該就不會再氾濫了。」

儘管唐敖言之成理，多九公還是心中存疑，「要是治河的原理如此簡單，怎麼他們女兒國就沒人想到？」

唐敖解釋：「之前探尋舅兄下落時，我也順便了解了一點女兒國的風俗。原來這裡不產銅鐵，一般人家使用竹刀，富人則用銀刀，還為了預防叛亂，禁止使用鋒利的兵器，所以也沒有鏟子、十字鎬之類可以用來掏挖河道的用具。幸好我們船上帶有生鐵，明日我就把圖樣畫出來，請他們製造掏河的器具。所謂『工欲善其事，必先利其器』，有了掏河器具，我想這事很快就能成功了。」

聽到這裡，多九公總算勉強鬆了一口氣。

鏡花緣

隔天，國舅陪<u>唐敖</u>出城看河，<u>唐敖</u>侃侃而談，從河川地形、河身高淺、水量多寡一路分析下來，並做了總結：「總之，這河道目前的情況，就像一只放在屋脊處的浴盆，一旦水量稍大，溢出河岸，就會從高處沖刷而下，將平地變成一片汪洋。若想要改善，必須將這浴盆埋在地上，並且挖深河道，增加容水量，這樣就能避免氾濫了。」

　　國舅一臉茅塞頓開，讚嘆：「您的分析確實直指要害，尤其這浴盆、屋脊的比喻，更是一語道破其中弊

害。只求貴人巧施妙手，免除我國的『屋脊』之禍，不只是百姓感恩戴德，就連我國國王也會感謝您的。只是這掏挖河道的用具，不知道生的什麼模樣？」

唐敖說：「掏河的用具有很多種，但由於貴國銅鐵很少，只怕從來不曾生產過這些器具，也無法搜集。還好我們船中帶有生鐵，馬上可以製作，如此便解決了問題。更難辦的問題，在於河道淤積已久，兩邊堤岸越堆越高，挖出來的淤積土壤很難運走；若是能召集十萬人民，一面挑深河道，一面去除堤岸，就能落實將浴盆埋在地上的想法。只是十萬人民……這麼龐大的人數，一時之間有辦法召集得來？」

國舅對這點很有把握，「我國居民深受水患之苦，只要聽說有貴人能整治河道，不論是農人、工人或商賈，必定樂於共襄盛舉，更何況還發工錢呢。那麼，開工日要訂在哪天呢？」

「還是先造工具吧。」唐敖回答：「明天請國舅多派些工匠過來，等工具造齊，再選個吉利的日子開工。」

第二天，大批工匠根據唐敖畫的圖樣，開爐打造器具。才幾天功夫，工具便製作完備，並定好了開工日期。

　　唐敖將河道分成數段，命人逐段築起土壩，攔截水流。先把第一段裡的水，用水車運到第二段裡，然後盡全力掏深第一段的河道；掏好後，推倒第二段的土壩，讓水流入第一段的河道，再挑第二段的河道，如此逐段施工。

　　由於百姓已被水患鬧怕了，這次整治河道的工程可說是全國動員，一邊挑河，一邊去堤，不到十天，各段工程紛紛完工。唐敖日日早出晚歸，百姓景仰他的辛勤勞苦，便為唐敖立了個生祠＊，早晚上香，以表示敬意。

　　這段時間裡，林之洋被幽禁在宮中，只知道國王臨時喊停了婚事，卻打聽不到她這麼做的原因，只能一顆心日夜懸著，就怕哪天一覺醒來，發現必須再次面臨成為王妃的危機。當發現國王漸漸的不再逼他纏足、抹粉，宮女們也怠慢了對他的伺候時，他察覺到事情有了轉機，便安下心來，一邊休養飽受虐待的雙腳，一邊靜靜等待。終於，在他的兩隻腳恢復得差不多的時候，國王命人備好轎子，又命宮女替林之洋換上男裝，伺候他上轎。

＊生祠：對還活著的人建立祠廟加以供奉，表示內心的感激。

林之洋坐在轎子裡，聽著轎外的喧天鑼鼓，身體不由自主的隨著轎子的移動搖搖晃晃，恍惚中竟有種不知自己身在何處的感覺。等到轎簾掀起，眼前出現那幾張日思夜想的臉孔時，他終於回過神，確定自己真的脫離苦海，不禁喜極而泣。

　　所有人不敢多作耽擱，海船揚起船帆，馬上駛離這個「女主外事，男主內事」的國度。

※　　　　　　　　　　※　　　　　　　　　　※

　　這日，來到西海的第一大國——軒轅國。林之洋經過一段時間的休養，已經可以正常行走，自然就上岸去賣貨。唐敖、多九公結伴而行，遙望遠方高聳的城牆，不禁肅然起敬。

　　走著走著，兩人踏過玉橋，一片茂密的梧桐林迎面而來，無數鳳凰在枝椏間往來飛躍。其中有對鳳凰一上一下，盤旋飛舞，在華麗翎羽上點點閃動的陽光，美得奪人心魂。

　　唐敖欣賞了一會兒，彷彿害怕驚擾了這片美景一樣，輕聲讚許：「怪不得古人說『軒轅之丘，鸞鳥自歌，鳳鳥自舞』，之前在麟鳳山雖然見到鳳凰，卻沒機會看牠飛舞，想不到竟有福分在這裡親眼目睹。」

　　多九公說：「這裡的鳳凰就跟別處的雞鴨一樣普

鏡花緣

遍，鳳舞就算看上一整天，也是看不盡的。你如果要欣賞風景，怎麼不到城裡去呢？」

唐敖立即從善如流，步出梧桐林。走了許久，兩旁田野逐漸有些當地人的身影，他們生得人面蛇身，長長的蛇尾盤在高高的頭頂；服裝、語言都跟天朝的一樣，容貌舉止十分斯文秀雅。

進到城裡，儘管街道寬達十餘丈，依舊被商販與民眾擠得水洩不通；別處難得一見的鳳凰蛋，在這裡就像雞蛋一樣，一顆顆擺在攤子上販賣。

忽然一陣吆喝傳來，街上的人們趕緊往兩旁讓開，只見威武的隊伍從遠方而來，最前頭的人手舉一把黃傘，上面寫著「君子國」，傘下罩著一個國王，身穿紅袍，長相端正威嚴，騎著一頭毛色鮮麗的老虎，身後跟著許多隨從。接著又有一把寫著「女兒國」的大傘，傘下的國王生得

清麗俊秀、雪膚朱唇，頭帶雉尾冠，身穿五彩袍，騎著一頭犀牛，被許多隨從簇擁著走了過去。

唐敖問：「九公，君子、女兒這兩國的國王為什麼同時來到這裡？」

多九公思索了一下，回答：「唐兄，你還記得之前在君子國與吳氏兄弟閒談時，曾經聽過『各國國王相約一起到軒轅國祝壽』這句話？」

唐敖也想起來了，不禁詫異：「我當然記得。只是我們從君子國、大人國這樣一路走來，大約花了九個月才到軒轅國，可見路途遙遠。難不成君子和女兒二國是軒轅國的藩屬，才會這麼不遠千里的前來祝賀？」

多九公搖搖頭，「我們是因為要賣貨，只要是可以做生意的國家，不管距離遠近，都會繞過去，所以耽擱了不少時間。他們直接來軒轅國，哪裡會需要九個月。但想知道詳細情形的話，我得去打聽打聽。」

沒多久，多九公問完話回來，說：「這次我們來得很湊巧。這裡的國王是黃帝後裔，聖明賢德素負盛名，今年是他一千歲整的生日，所以遠近各國都來祝壽，朝廷請了數十個戲班子來演戲，招待全國軍民一同欣賞。我們要不要去看看？」

唐敖對觀賞異國戲曲萬分期待，立刻抬腳往前走，

同時嘴裡也不閒著，「九公，軒轅國的國王為什麼能享有一千歲的高壽？」

多九公回答：「我也不曉得，不過古人有句話說：『軒轅之人，不壽者八百歲。』這麼說來，一千歲還不算高壽哩。」

順著人潮往前移動，穿過一座霞光四射的高聳牌樓，又通過一座華麗沉肅的金門，才望見氣勢恢弘的千秋殿。殿外一對青鸞，身高六尺，尾長一丈，體型如鳳，渾身青翠，鳴叫聲婉轉悠揚，二人不禁覺得神清氣爽。

唐敖、多九公擠在人群中，進入千秋殿，只見軒轅國國王坐在主位，頭戴金冠，身穿黃袍，後面一條蛇尾盤在金冠上；一旁坐著許多國王，長相奇形怪狀，令人看得眼花撩亂。

多九公知道唐敖很好奇，自動的壓低聲音，一一介紹，「那邊一位長髮披垂、雙腿伸在殿上大約兩丈長的是長股國國王，我們的『高蹺』就是模仿他們的長腳做的。旁邊那位一個大頭、三個身軀的是三身國國王。他對面那個長著一對翅膀、人臉鳥嘴的國王屬於驩兜國。還有那位頭大如斗、身長三尺的是周饒國國王，他們能製作飛車，取道空中往來各地，相當的神

奇。交脛國國王是那位小腿相交的人；再過去有位長著三隻眼睛、一條長臂的是奇肱國國王；另外那個三個頭、一個身體的則是三首國的國王。」

聽到這裡，唐敖不禁開玩笑說：「那邊一位三個身體一個腦袋，這邊三個腦袋一個身體，兩個人相互對看，搞不好都會羨慕對方呢。」兩人說笑了一會兒，有一搭沒一搭的聽著各國國王閒談，又到殿外看了戲曲，才盡興離去。

　　一連遊玩了好幾天，終於啟程離開軒轅國。這日，大家談起海外各國，唐敖偶然想起之前在智佳國猜燈謎時聽到的「不死國」，詢問了多九公，才知道不死國就在附近。

　　回想古書上的記載，唐敖不禁被勾起了興致，「聽說不死國裡有座員邱山，山上有棵不死樹，吃了它的果子可以長生不死；還有一座赤泉，泉水深紅，喝了可以青春永駐。既然距離已經不遠，我們不如趁機走趙不死國吧。」

　　出海將近一年，八十高齡的多九公實在是歸心似箭，便搖頭反對：「不死國在山裡一個很偏遠的角落，途中還要繞過許多海島才能到達，向來很少有外地人過去，也不曉得安不安全。我們還是早點回國，不要節外生枝吧。」

　　「俺倒覺得妹夫說得對。明明都到了不死國附近，怎麼可以不去看看呢？說不定還能喝幾口赤泉，從此

長生不老呢。」林之洋興致也很高，立即要水手們將船轉向，朝不死國出發。

三人閒聊得正開懷時，突然多九公吩咐水手：「那邊漸漸湧起一塊烏雲，看來風暴馬上就要襲來了，快將船帆降下一半，繩索都要綁牢加固；萬一風暴起時收不了船帆，就只好順著風頭飄了。」

沒想到風暴來得比預期的還要快。水手還沒收拾到什麼東西，便已狂風大作，波浪滔天，海船就這樣被風刮得飛也似的往前跑。

狂風一連刮了三天，船也不辨方向的航行了三天。等到風勢終於減弱，水手們用盡力氣，才將船停在一座海島的山腳下。唐敖頭昏腦脹的出了船艙，旁觀眾人整理海船上的東西。好不容易鬆口氣的林之洋，說了句「從沒見過這等風暴，竟然連刮三天都不肯停息」後，不禁煩惱起不知風暴將他們刮到哪裡，又要花上多久時間才能回家的問題。

多九公觀察了一下，說：「我記得這裡叫做小蓬萊。看來這三日被大風這麼一吹，居然航行了一萬多里。」

林之洋轉頭對唐敖說：「出發前俺跟你說過，水路的往返日期難以預料，就是這個緣故。」

唐敖點點頭，表示受教了，然後眺望眼前這座看起來比東口山、麟鳳山更顯壯闊的大山，望著望著，遊興被勾了起來，就想上山遊玩。林之洋有些不舒服，不能同去，唐敖就拉著多九公一起上岸。

兩人邊走邊聊，爬了好幾片山坡後，迎面出現一座石碑，上面刻著「小蓬萊」三個大字。唐敖一笑，說：「九公說得對，這裡確實是『小蓬萊』。」

繞過峭壁，穿過密林，四處一片水秀山青，美景無窮無盡；越往山裡走，景色越是美麗，彷彿來到仙境。

唐敖不禁感慨，「之前在東口山遊玩時，我以為天底下再也沒有更美的山景了，哪曉得這裡處處有如仙境。這些仙鶴、麋鹿之類深具靈氣的動物，居然絲毫不怕人，被我撫摸也不逃走，隨手可得的松實、柏子，嚼起來滿口清香，恐怕是仙人所吃的果實。這樣清幽的淨土，怎麼會沒有真的仙人居住呢？這般說來，原來這場風暴是專為我而設的。」

多九公直覺他的話不太對勁，望望天色，提議：「這山的風景雖然美好，但我們已經走得太遠，待會兒天色一暗，山路崎嶇難行，可就哪邊都去不了了。今天先回去吧，如果明天風勢仍大，不能開船，我們再上山來玩。再說林兄現在正在生病，我們更應該早點回去，免得他擔心。」

唐敖遊玩得正開心，雖然轉身往回走，卻仍一臉戀戀不捨，一步三回頭。

多九公心想：他這樣拖拖拉拉，什麼時候才能回到船上？便又催促了唐敖幾句。

唐敖嘆口氣，說：「不瞞九公，小弟自從登上這山，追名求利的心全都消褪了，只覺得萬事皆空，一切都是虛妄。遲遲不願下山，是由於懶得再進入塵世啊。」

多九公內心一驚，表面上卻裝作若無其事，打著哈哈：「老夫常聽人說，讀書人往往讀書讀過了頭，會變成『書呆子』，唐兄雖然沒變成書呆子，但這樣四處遊歷，居然變成『遊呆子』了。快走吧，不要再開玩笑了。」

眼看唐敖依然流連不已，多九公忍不住一陣心焦。忽然他看見前頭有一隻手裡拿著靈芝的白猿，身長兩

尺，兩隻紅眼，一身深紅斑紋，便說：「唐兄，你看那白猿居然拿著靈芝！我們不如捉住牠，將靈芝分來吃，怎麼樣？」

唐敖點點頭，兩個大男人就這麼挽起袖子，像孩子一樣的追著白猿跑。白猿非常機靈，連竄帶跳，兩人竟然逮牠不著。還好白猿逃跑的方向，正是往山下走，兩人也就一路追趕，終於將牠逼到一處山洞，七手八腳逮住，奪過靈芝，一人一半的分食了。山洞離船不遠，兩人便一起回到船上，用過晚餐後各自睡下。

第二天，風向轉成順風，眾人收拾妥當準備開船時，才知道唐敖一早就上山去了。大夥兒等了又等，一直等到天黑，都不見唐敖回來。在床上病著的林之洋聽到這事，心中不免焦急，卻因為天色已晚，只好拜託多九公隔天再仔細尋訪。

次日，眾人找了一天都找不到人，林之洋耐不住

心焦，等病情稍微好轉後，也強撐著虛弱的身體上山尋找。然而一連找了幾日，依舊音訊全無。

水手們一來與唐敖沒有太多的交情，二來白天找人，晚上輪流守夜，日子一久就累得受不了，忍不住向林之洋提出抗議：「這座大山既沒有人住，又有許多猛獸，我們那麼多人都還提心吊膽，唐敖一個讀書人，在野外又能撐得了幾日？就算不被猛獸咬死，餓也餓死了。我們再不趁著順風開船，等到風向轉成逆風，船上的米糧通通吃完後，恐怕全都要沒命了。」

林之洋知道水手們的顧慮，但唐敖是他的妹婿，怎麼忍心棄他於不顧？最後呂氏出面談判：「你們說的確實很有道理，只是我們是唐敖的親人，如今他上山失去消息，怎麼可以就這樣撇下他離去？萬一他回來了，找不到船隻，那不是白白斷送他性命？這樣吧，從今天開始算，我們再等半個月，如果還是沒有消息，就任憑你們開船吧。」

水手們覺得這話情理兼備，反駁不了，只得同意。

接下來的日子，林之洋不辭辛勞，每天上山尋找。只是找著找著，轉眼之間期限已經到了，仍舊沒有唐敖的蹤影，他急得手足無措，水手們倒是笑逐顏開，紛紛準備開船。林之洋不肯死心，約了多九公一起上

山，說：「我非得再找這麼最後一次，找不到人，才甘願死心開船。」

　　兩人在山上團團亂轉，直到出了滿身大汗，兩隻腳再也走不動了，才決定放棄，回頭往停船的地方走。途中再度經過小蓬萊石碑，卻發現上面不知何時多了一首詩：

　　逐浪隨波幾度秋，此身幸未付東流。
　　今朝才到源頭處，豈肯操舟復出遊！

　　詩後寫著：

　　某年月日，因返小蓬萊舊館，謝絕世人，特題二十八字。唐敖偶識。

　　多九公問：「林兄，你看這是唐兄的字跡嗎？」
　　林之洋沒有回答，只是撫摸著石碑上龍蛇飛舞的熟悉字跡，眼眶不知不覺的紅了。
　　多九公沉默了一會兒，說：「早上我們經過這裡時，石碑上只有『小蓬萊』三個字，現在卻多了這首詩，而且看這墨跡還沒完全乾燥，應該是不久前才寫

下的。我們找了一路，都沒有看見<u>唐</u>兄身影，只發現了這首詩。不說詩句本身，光看『謝絕世人』四字，就知道他絕對不肯再與我們相見了。回想當日在<u>東口山</u>時，<u>唐</u>兄曾脫口說出『要是我沒跟著回國怎麼辦』這句話，足以證明他早有預謀，不打算一起返回天朝了。<u>小蓬萊</u>這麼廣闊，藏身的地方數也數不盡，我們凡夫俗子怎麼找得著他？還傻傻找他做什麼！」

　　回到船上，兩人將詩句寫給<u>呂</u>氏等人看了，幾個與<u>唐敖</u>交情不錯的人，忍不住紛紛落淚。<u>林之洋</u>已經竭盡全力找尋過了，這時也只能遵守諾言，吩咐水手開船。

　　這一日，風和日麗適合遠行，<u>林之洋</u>站在船尾，望向越離越遠的<u>小蓬萊</u>，想著當初一同出航，卻將永遠留在山裡、無法一同返航的<u>唐敖</u>，不知不覺眼淚濡溼了衣襟。

鏡花緣——驚奇有趣之旅

看完本書，你是不是覺得非常精采刺激呢？接下來就讓我們一邊回味書中的內容，一邊想想下面的問題吧。

1.本書記載許多既有趣又驚奇的異國習俗。請查一查並分享三個不同國家的奇妙風俗，讓大家驚訝一下吧！

_____

_____

_____

_____

2.多九公因怕丟臉，不願對黑齒國小才女承認自己的無知。你覺得這樣好不好？為什麼？

_____

_____

_____

_____

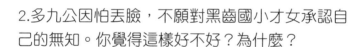

3.唐敖因不知如何面對挫折與家人的失望，決定
出海遊歷而不回家。如果是你，你會選擇用什麼
方式來調適心情呢？

_____

_____

_____

_____

4.你喜歡旅行嗎？旅行有沒有帶給你什麼想法或
改變呢？

 _____

_____

_____

_____

_____

在經典故事中成長

——有圖、有料、有意思

唐三藏西天取經、魯智深大鬧桃花村、

諸葛亮草船借箭、牛郎織女鵲橋相見……

過去，我們讀這些故事長大

現在，我們讓這些故事陪孩子一起長大

豐富的文化應該被傳承，傳統的經典需要有新意

小說新賞，讓經典再現——

🍐 導讀簡明，掌握故事緣起

🍐 內容生動，融合古典新意

🍐 插圖精美，呈現具體情境

🍐 經典新編，富含文學性質

全系列共三十冊　敬請期待

一生不可不讀的三十本經典

近代領航人物

生命教育首選讀物

養成良好品格，激發無限潛力，打造下一個領航人物！

你可以像自由鬥士曼德拉一樣找到自己的理想嗎？

你能像世界知名設計師可可‧香奈兒一樣隨時發揮創意嗎？

你想成為像搖滾巨星約翰‧藍儂一樣的萬人迷嗎？

讀完他們的故事，你也做得到！

◆ 近代人物，引領未來航線

◆ 橫跨領域，視野真正全面

◆ 精采後記，聚焦全書要點

◆ 彩色印刷，吸睛兼顧護眼

全系列共二十冊
邀你共賞！

國家圖書館出版品預行編目資料

鏡花緣／郭怡汾編寫;王平,馮艷繪.－－初版一刷.－
－臺北市:三民,2015
面; 公分.－－(兒童文學叢書／小說新賞)

ISBN 978-957-14-5778-9 (平裝)

857.44   102004838

© 鏡　花　緣

編 寫 者	郭怡汾
繪　 者	王　平　馮　艷
責任編輯	莊婷婷
美術設計	林子茜

發 行 人	劉振強
著作財產權人	三民書局股份有限公司
發 行 所	三民書局股份有限公司
	地址　臺北市復興北路386號
	電話　(02)25006600
	郵撥帳號　0009998-5
門 市 部	(復北店)臺北市復興北路386號
	(重南店)臺北市重慶南路一段61號

出版日期	初版一刷　2015年1月
編　 號	S 857660

行政院新聞局登記證局版臺業字第○二○○號

有著作權・不准侵害

ISBN 978-957-14-5778-9 (平裝)

http://www.sanmin.com.tw 三民網路書店